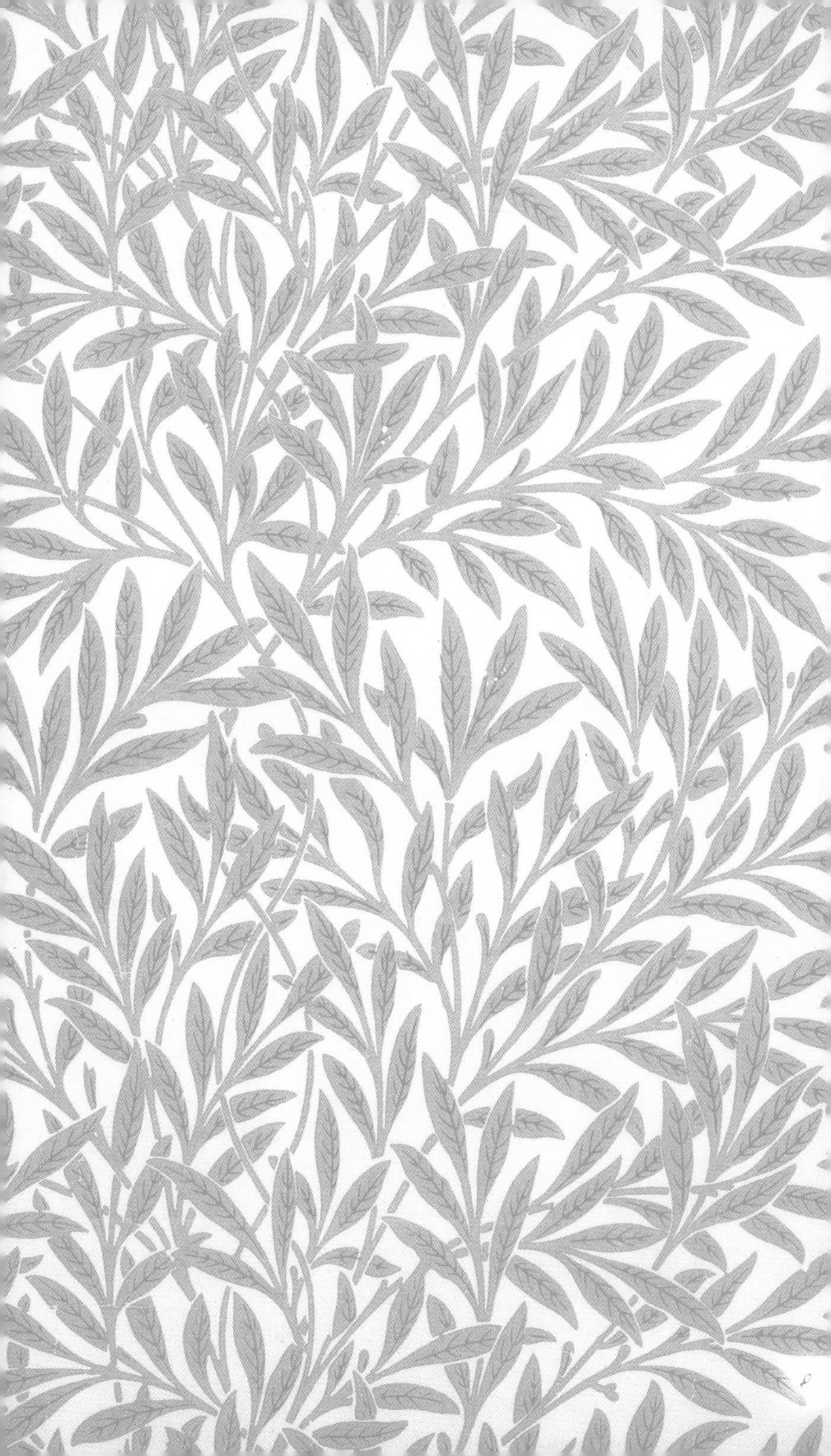

三民叢刊196

寶島曼波

李靜平　著

三民書局印行

他序

《寶島曼波》是以戰後嬰兒潮童年及少年時代為背景的幽默散文，在《自立晚報・本土副刊》一系列刊登時，頗獲讀者喜愛與共鳴。在李靜平的書中，可以看到流暢的文筆，把幽默融合在文中。赤子之心和豐富的想像力，更是讓人讀之愛不釋手。

——華府作協會長　江偉民

歡笑散文作家李靜平，總是帶給人意想不到的笑料。再尋常的事，被她大筆一揮，笑料便源源而出，引人發噱。她極善於運

用文字與辭彙的變化，且常常語帶雙關地處處埋下笑點，牽動讀者的笑神經。她的幽默文章，總是恰如其分，讓人讀來不黏不膩，想要一口氣地看完。

——出版社編輯　李亞倩

拜讀大作時，我幾乎要被鄰座的同事認為精神異常，因為不時會發出大笑、小笑、狂笑乃至「啜泣」聲（笑到一把鼻涕一把眼淚）。沒辦法，是文章中的突發奇想太有趣了，加上生動的文筆，比點了笑穴更有用；而最重要的是，我很喜歡並珍惜大作中那種純真的想像，現在的孩子（甚至大人）受聲光刺激越來越多，自我想像的發揮越來越少，《寶島曼波》的出版，能在不斷的笑聲中，帶給讀者珍惜想像力的啟發。

——出版社編輯　梅　蓁

李靜平寫臺灣童年的經驗，幽默有趣又好笑，特別能引起共鳴，因為我們就是這樣長大的，走過相同的路，在乎同樣的事情。她是個天生會說故事的能手，看她有意無意間的「笑裡藏道」，能觸摸到許多人心底的某根弦，讓人有所領會而莞爾，是值得推薦的好文章。

——作家 吳玲瑤

出奇制勝的語句，慧黠靈敏的言詞，寫出篇篇「笑果」特佳的文字。

——作家 蓬丹

李靜平是一位「幽默作家」。她在《自立晚報》所發表的「寶

島曼波」系列，受到廣大讀者的歡迎。她取材新鮮，文字流暢，揮灑自如，結構嚴謹，尤其是「取材」方面是「別具慧眼」，讓人讀後，發笑不止。

——作家　張天心

寫的是幽默文章，但字裡行間不難看出她是寫抒情文的高手，令人激賞的是，她的文章不似一般抒情文著墨過多的「低迴」，就是「抒情」也是以洗鍊靈活的文筆來表達，可謂獨具一格。

——作家　宜　人

自序

一向喜歡寫有趣的事，沒趣的事不寫。這道理很簡單，幹嘛自己在家給自己上「作文課」時，出些很難寫的作文題目來「整」自己呢？再說我又不要考大學聯考。除了以上的理由外，我也設身處地地這麼想，當我是讀者，打開報紙，我也是先挑輕鬆有趣的文章來看，有誰喜歡一大早就著咖啡看一篇〈移風易俗之我見〉的文章？我看就是「道德重整會」的人也不會。話說早上看報，有人上班匆忙沒空看，那麼下班回來累得半死躺在沙發上看，看篇〈物慾橫流動搖國之根本〉的文章，搞不好，看完了金星直冒，

被當頭棒喝敲得連從沙發上爬都爬不起來！

所以我不想「害人」。

我喜歡避「重」就「輕」，駕「輕」就「熟」——熟門熟路地寫我自己「挑」出來有趣的事。

《寶島曼波》這本書，也是如此這般去「蕪」存「菁」地，從童年五〇年代寫到我們這一代被新新人類叫作LKK，LKK也當過新新人類的六〇、七〇年代。

這一路寫下來，說真的，我很樂。因為讀書時的「三怕」——數學、體育和教官，都被「文人的筆墨」輕描淡寫地給帶過，讓我粉飾太平地覺得過往的日子還不錯。其實……讓我吃顆誠實丸地告訴你，到如今，「三怕」還常常出現在我的噩夢裡！尤其是數學考卷發下來，手軟冒汗虛脫的感覺依舊——拿著考卷一看，沒有一題會做！人家是海外遊子午夜夢迴淚濕枕巾，我是夢裡不

知如何考，嚇得渾身都是汗！

因此我寫「懷舊」文章，但千萬不要誤會我想時光倒流，當然，時光倒流，我年輕，美好的、讓我懷念的往事與人物也都一一重現，有時寫著寫著還真的情不自禁、真情流露，可是……一想到要重新來過，「三怕」也都如影隨形，理智立刻戰勝感情，那，我就情願——老！

這樣的「自序」，我想是夠坦白的。

寶島曼波

目次

目次

寶島曼波

臺語歌中，我最喜歡《寶島曼波》。我對這首歌情有獨鍾，因為它是我童年象徵快樂的標誌。

「寶島天清雲薄薄，南國妹妹帶兄哥……」，每次當我哼唱這首歌，就會讓我回到五〇年代那沒什麼錢，人心反而很容易滿足的淳樸歲月。在那時候大人小孩都一樣，聽聽收音機跟著唱唱歌，就覺得很好命、很享受。對我來說，這首歌帶給我的快樂就是仙草冰、諸葛四郎、阿三哥與大嬸婆的綜合體，這真的很寶島風情，尤其是童年眼裡看來。

2 寶島曼波

我一直有事沒事喜歡唱這首歌，一直唱到美國當歐巴桑還在唱。近年來綜藝節目裡常有「老歌新唱」，我就一直在等，等人唱出我最喜歡的《寶島曼波》，等了很久也聽了很久，從《舊情綿綿》聽到《孤女的願望》，我這老女的願望還是沒實現。

看來我真是不可救藥的懷舊者，我為什麼這麼愛聽老歌呢？因為聽老歌，大家都知道會勾起過去某個階段的回憶，而且是很美好的回憶，那怕是辛酸往事；諸如呷香蕉皮失戀啦、遠走他鄉流浪啦什麼的，也都會因為時間上的距離，塗上一層叫人懷念的光彩。我從小就是俗人俗小孩，音樂課上教的《大公雞》、《醜小鴨》我都不愛唱，我只愛唱流行歌，而且是言情的。就因為「國學基礎」這麼好，作文比賽每次都得名。好了，再說我唱流行歌這件事，小時候不管是國語的、臺語的，像和尚唸經似的我都唱。所以到現在，我這不新不舊的中年人，只要聽到老歌就倍感親切，

嘿呼大家趕緊唸歌喔

常常聽著聽著就「忘我」——忘了我的年齡，感覺上好像回到從前，因為這都是我的兒歌啊。

我因為有「老歌情結」，所以我一直在等《寶島曼波》的出現，我很納悶也很遺憾，這麼好聽的歌，怎麼被人遺忘了呢？難道……只有我，只剩下我……這「少年白」的白頭宮女唱給美國的空氣聽（要說的是，老公和女兒一個是不喜歡我唱歌發出的都馬調，兩個是聽不懂我在唱啥米，結論是曲高和寡，知音難覓）？

啊，終於有一天，皇天不負苦心人，我的心電感應，感應到國內的電視臺，「龍兄虎弟」的張菲開唱了，我坐在沙發，興奮的像觸電，渾身熱血沸騰外加精神亢奮，就是看到初戀情人也不會這樣。

4 寶島曼波

嘿呼大家相邀來迌迌
無分男女老幼緊出來喔
寶島曼波　曼波寶島
寶島天清雲薄薄
南國妹妹帶兄哥
唱出寶島的曼波
我來打鼓你敲鑼
哦　寶島
唱出寶島的曼波
寶島曼波　曼波寶島
寶島全年生楊桃
也有荔枝甜葡萄
老人吃了酸心糟

5 寶島曼波

少年吃了愛情好
哦　寶島
跳出少年的曼波

這是多麼好聽的一首歌啊，它會叫人忘掉現實裡的煩惱；忘掉帳單要付、忘掉青少年不聽老媽的話、忘掉跟老公吵架，矢誓要「君子報仇，三年不晚」。……

我哼哼唱唱、搖頭晃腦，隨著輕快的節奏，輕輕快快地就回到我當小孩的時候……

那時候島上好像吹起一陣「曼波風」，除了《寶島曼波》外，還有一首叫《山東曼波》。《山東曼波》唱的是曼波和饅頭，什麼「大鼻子吃了死翹翹」，那是反共抗俄的年代，唱歌也要唱死幾個大鼻子，來鼓舞士氣、軍民同樂。

相形之下，《寶島曼波》就比較單純、鄉土，裡面沒有大鼻子，歌詞僅是玩和吃，對小孩來說比較喜歡。我剛才在前面說過，現在唱《寶島曼波》會讓我忘了老之將至，忘了信用卡帳單要付，小時候呢，它讓我忘了模擬考、初中聯考。這首歌讓我附帶記得的還有一件最快樂的事，那就是小學五年級時在臺南中山公園舉辦的一次商展會。

那是一次很大規模的商展會，大人小孩早早就在盼望就在等，等著要去看商展。那時在臺南，什麼大事都在中山公園裡，在這之前，我讀小學三年級的時候，「沈常福馬戲團」也在那搭棚演出過。我記得很清楚「九九乘法表」不會背，大人就不帶我去看馬戲表演。那時的小孩很好管，常被大人的三兩句話收拾得服服貼貼的，不像現在的小孩，一開口就是滔滔雄辯，個個都有資格當律師。說到寒假期間看商展也是一樣，那要素行良好，寒假作

業沒有積欠才行。

臺南商展辦得真的很轟動，就連附近縣市的人也在過年前後專程來臺南看商展。我記得有個住在嘉義的孫媽媽，挺著大肚子，特地從嘉義南下，說是聽說可以在商展買到臺北流行的太空鞋。後來要買太空鞋的媽媽們太多，客人來了，我們小孩就跟著大人逛商展。小孩個頭小，擠在人群中，不時會聞到一陣狐臭味，因為有吃有喝又不要上學，想到天下有這樣的好事，我就覺得不管聞到什麼樣的臭空氣都值得。

啊，我實在太喜歡商展了！熱鬧得簡直像拜拜（那時候還沒聽過嘉年華這名詞）。在商展會上東逛西逛，手上拿著是一大堆的樣品和商展小姐的簽名相片，嘴裡吃的也是只有小孩子不管跑多少趟也沒關係，也不會不好意思的樣品食物，我們太樂了，嘴裡嚼啊嚼啊，這時耳邊聽啊聽的就是當時最流行的歌——《寶島

曼波》！你說，我對《寶島曼波》的印象好不好？那時的景象，那時的氣氛，我想這一輩子都會在我的腦海裡「停格」。

我的兒時商展回憶還沒說完呢，讓我帶著你們慢慢逛……看吧，走過一排排攤位，雙帆牌魚肝油、明星花露水、瑪莉香皂、恩斯達面霜，還有天鵝牌童鞋、否司脫襯衫、張國周強胃散……奇怪，不知道要幹嘛吃的姑嫂丸和海狗補腎丸？因為不知道是什麼，聞起來怪怪的也不像糖，拿了樣品，大家都不敢吃，現在想想好在沒吃。

看哪，看那邊愛克士牙膏，愛克士小姐正在送相片！同伴中有人在叫，我們拔腿就跑，跑到愛克士小姐那。愛克士小姐長得很漂亮，大大的眼睛，瘦瘦的臉，攤位旁圍了一群小鬼和阿兵哥。記憶很深刻的是，有個阿兵哥請小姐戴戴他的帽子，然後在他的帽子上簽個名，愛克士小姐答應了，阿兵哥拿回了帽子，搖頭擺

尾樂得什麼似的。大概那時候男人多女人少，女人很稀奇，如我前面所說的，那時大家都沒錢，人心容易滿足，男人也好打發。那時候真是「一家有女百家求」，像我家隔壁的阿姐，三兩下就嫁了，而且大排長龍，不像現在這麼難。說到這位大方的愛克士小姐是誰？她就是現在的電視老牌演員陳淑芳，不相信的話，你們可以去問陳女士，她一定會很驚訝地說：「這個查某囝仔的記憶力，怎麼這麼好？我都記不得了，這小孩真是個神童。」

回想當年，商展會上的愛克士小姐，現在演技精湛的老牌演員，好像也沒多大改變；只是豐腴了點，不過嘴角上的痣依舊。我很後悔沒保存愛克士小姐送我的簽名相片，說不定陳女士跟我一樣也很懷舊，會向我高價收買哩。

寶島曼波，曼波寶島。

《寶島曼波》，我真謝謝你，因為哼唱這首快樂的歌，讓我

輕輕鬆鬆，心情愉快地寫了這篇文章。寄語新新人類，你們現在要多唱時下的流行歌，等上了年紀，也就是像我這個年齡，就全成了你們這一代的老歌。到時候你們就可以跟我一樣邊哼邊唱，寫篇懷舊的文章，寄到報社去換錢。

11 戲院春秋

戲院春秋

在沒有電視的年代，看電影不管是對大人還是小孩都是至高的娛樂。尤其是週末全家上街看電影好像是件大事，大人小孩都穿得整整齊齊的，像是集體去相親。小時候我留辮子，每次要去看電影的時候，我的頭髮都要重新梳一次，然後再綁上兩個蝴蝶結，活像當時《新學友》上陳定國畫的「花小妹」。臺南天熱，臨出門前媽媽還在我們三個小孩脖子上搽點貝林痱子粉，涼涼的，我們想到要去看電影，心裡喜孜孜的。三個小孩打扮就緒一字排開，就像樹幹怕白蟻咬塗了一層白油漆一樣。

波曼島寶 12

儘管事前折騰，我們都很能「逆來順受」，因為一想到坐在電影院的時候，就是苦盡甘來的時候。跟大人進出電影院久了，我對臺南的每家戲院都很熟，尤其旁邊賣什麼東西吃，更是一清二楚。你知道小孩子看電影不是純看電影的，天底下哪有什麼純的事？就像以前西門町到處都是「純喫茶」（我注意到招牌上「喫」都跟我們普通用的「吃」不一樣，叫人一看，就覺得不純），真的有人會在那裡純的只喫茶嗎？此外還標榜什麼古典音樂、樓上雅座，愈是雅座愈恐怖。好了，閒話少說，回到我小時候的最愛，「看電影」這件事上。

小時候看電影總是先在外面買了零食再進去，我最喜歡位於西門路的延平戲院，因為對面有家「耀星西點麵包店」，小時候「耀星」是我的夢中之鄉。至於到中正路的世界戲院、赤崁戲院也不錯，兩家戲院在對街，世界戲院旁邊賣蜜餞和好吃的羊羹，

13 戲院春秋

再往前走，走到中正路底，靠近運河邊的大全成、小全成，那更好，因為旁邊就是頂頂有名的ざかりば。通常看電影的時候都是在電影院裡稍稍小吃，如果看電影沒有不停地問「是好人還是壞人」把大人給煩死，看完了電影還有後戲，那就是全家去旁邊的ざかりば大吃一頓。

說完了戲院的外圍說內部，內部就是現在所說的「硬體」，那時候可真是「硬體」，名副其實的硬體，硬體硬木板座椅。軟體呢，軟體就是觀眾的軟屁股，硬體軟體兼備，硬木板配軟屁股。那時候的人也好像比較好講話，大家都覺得這樣已經很享受了。有時座椅老舊，還會夾到肉，但很少聽到有人「哎喲」大叫一聲，都是揉一揉了事。戲院硬體設備很硬，看電影不管天氣再熱也是沒有冷氣的，只有天花板幾個定點吊著吊扇，搖搖欲墜，有氣無力，很像《北非諜影》。那時男女約會幾乎都是看電影，男的要

討好女的，男的往往都是先去排隊買票，指定要買有電風扇的位子。我的堂哥就是這樣追女朋友的，後來女朋友變成我的堂嫂，真是功不唐捐。我怎麼記得這麼清楚？因為那時候沒有電視，小孩最喜歡看男女約會的事，那是當時的「娛樂」，是活生生的連續劇。

說到戲院的座位，有些位子非不得已最好不要坐在那，因為不知道什麼時候會禍事臨頭。說來那年代大家都很節儉，絕少有人請褓母的，看電影大人小孩連奶娃娃也一起看。為了省錢省事，奶娃娃早早就不兜尿布，都穿開襠褲。好了，電影正精彩，老媽正入神，捨不得出去，不管三七二十一，當空一把，「噓——」

哇，黃河之水天上來！

「夭——壽——啊！」

「要——死——啦！」

15 戲院春秋

「△○×□#※！」

國臺語交加，同聲齊討，臺下比臺上還熱鬧！

那個「特區」是樓上正中間像包廂突出來的地方的下面幾排，就因為童年看戲的根深柢固印象，這也是為什麼到現在我去看秀，就是有人下跪給我那幾排的票，我也不要。

對了，說到座位，戲院入口還分單號雙號，兵分二路，各就各位。去晚了，電影上演，瞳孔不適應，摸黑別擔心，有人帶位，只要跟著手電筒走就好。後來不知怎麼地就不興這一套了，大概人工貴。倒是現在有些講究的劇院還耍這個「噱頭」。記得曾有回在黑暗中「看」了半天，又瞄準了半天，結果一屁股坐在人家身上！所幸碰到（坐到）的是位君子，坐懷不亂，黑暗中驚嚇的程度比我還厲害，連忙大叫：「小姐，妳坐不對地方！」

在電影院看電影，好像只有咱們老中戲院讓人看電影還有一種「順便看」的服務，那就是「××外找」。小時候我好希望有一天，我的名字打在銀幕上，直到有一天，我才知道「××外找」也並不怎麼出鋒頭；因為我看到打出來這樣的字幕：「死鬼外找，我還在外面等，知名不具」我小聲地問媽媽「知名不具」是什麼意思？媽媽說在看電影的人知道在外面罵他的是誰。

在五〇年代民國四十幾年的時候，除了國、臺語片、美國片外，日本片也不少，我對日本明星的名字最有興趣，因為都滿好玩。淺丘琉璃子像是在沙灘上打彈珠，團令子像搓湯圓，有馬稻子像馬廄，假如改成有馬麥子那更好。此外還有山本富士子、美空雲雀、小林旭，簡直就像形容詞描寫風景的，其中吉永小百合，我最喜歡，人如其名長得很清純婉約。我在南都戲院看過當時很賣座的一部電影由岩下志麻演的《君在何處》，被我那沒學問的弟弟唸成「裙在何處」。

17 戲院春秋

回憶兒時眼裡的戲院，不能不說的是當時「做電影」很流行的隨片登臺。隨片登臺印象最深的是《王哥柳哥遊臺灣》。這是先有漫畫再有電影，可說是本土的第一部《勞萊與哈台》。那時真是轟動又風光，王哥是李冠章，柳哥是矮仔財，這兩位優秀的喜劇演員如今都已去世，當年在戲院哈哈笑的小孩，一轉眼妹妹頭變成了白頭。

啊，不勝唏噓。

雖然傷感，白頭宮女也要話些好笑的舊事：剛剛在前面說過，以前物質匱乏，各方面設備不是很好，隨片登臺的歌舞行頭也不似今天的華麗，但臺上也滿熱鬧就是，所以大家還是去「湊」。有回不知道是表演什麼歌舞，臺上擺滿了用籃球漆成的西瓜，大概是康樂隊的克難演出吧，正在載歌載舞，有人一不小心抱著西瓜手滑，西瓜就彈跳起來，大家笑得半死，觀眾有人說：「這粒西

瓜定是米國西瓜！」

還有一次，啊，更難忘，隨片登臺，隨便登臺，比現在的「龍兄虎弟」NG篇還好看，跳舞的小姐跳著跳著，哇，一轉身一彎腰，竟從領口裡飛出兩大坨棉花來！全場笑得樂不可支，尤其男的最高興，馬上有人搶。那時波霸都是用棉花裝的，隨便妳要裝多少。

好像回憶都是有傷感也有快樂的，我真高興自己在近幾年解除報禁後才發神經「下海」，大鳴大放，因為同樣是寫戲院，小時候結尾大概要寫成這樣才行：「我們要好好讀書，報效國家，軍民團結一條心，將來反攻大陸，解救大陸同胞，讓他們跟我們一樣過著幸福快樂的日子，大家一起看電影。」看電影還要在南京才行。像我這麼年紀一大把（不，算一小把好了）心情像小孩，寫起文章既無章法又無對仗，想寫什麼就寫什麼，把小時候的戲

院寫得又是黃河之水天上來又是團令子像搓湯圓，還有傷風敗俗地掉出兩坨棉花來，如此亂寫，現在讀者抬愛會說我寫的是幽默散文，要是換上以前的話，非得「丙」不可，搞不好還會被老師罰掃廁所呢。

白色恐怖

是「二二八事件」以後出生的，小時候根本沒聽過什麼二二八，只聽過三八。至於二二八事件以後的「白色恐怖」，也是近幾年才在報紙上看到的名詞。儘管當小孩的時候整個大環境封閉又禁忌，小孩「叨天之福」該過得無憂無慮，碰不上什麼政治迫害，但仔細想想也不盡然，因為我們也有我們的「白色恐怖」。

懼白症

我和弟弟妹妹都有懼白症。

所謂懼白症，就是看見穿白制服的人就很怕。

這是跟醫生護士打交道後的後遺症。因為每次去醫生那裡都是慘「痛」的經驗。

老媽年輕的時候是奉行「放羊政策」，也就是一隻羊也是放，兩隻羊也是放，所以三年內就生了三隻羊。

據老媽說，小時候出痲疹、出水痘都是一起出。當然，去看病也是「一網打盡」，一車拉著去。

在一個家裡，當老大的往往都是「犧牲打」，什麼事都是首當其衝。所以我在文章裡曾經寫過：「寄語投胎人世的生靈，有選擇的話，千萬不要當一個家庭裡的第一個孩子。」

說到打針，當然是老大先打。兔死狐悲、物傷其類，其他兩個在旁邊「造勢」，負責哭。

久而久之，三個蘿蔔頭看見穿白制服的人就怕。

23 白色恐怖

連帶地去理髮也像是去屠宰場。

我是老大，時勢造「人精」，慢慢地已經往「人精」方面走了，似乎多多少少已經知道「此白非彼白」，而「等差級數」的下面兩個仍是混沌一片，民智未開。

弟弟妹妹懼白症得厲害，就是去理髮（其實是去剃頭，那時大人都認為胎毛太軟、太稀，要多剃幾次，日後才會「茂盛」），見著穿著一身白的髮姐或師傅走過來，兩人嚇得立刻放聲大哭，哭得淒慘無比，常常都是被人按在椅子上就地正「髮」，不時還發出只有小孩才有的像動物似的叫聲。據老媽說，不知道的人，一定以為裡面在殺豬。

「毒蛇」要來

「各位小朋友，明天有『毒蛇』要來，……」

「毒蛇」，就是督學。

上了小學，好像學校一天到晚都在應付「毒蛇」，每次遇到督學要來，全校都被搞得如臨大敵。

有督學來，我們早已知道這一套，第一件事就是參考書不要帶到學校來。再者「晨間檢查」的東西，回家該綁的綁，該裝的裝，該換的換，白口袋要綁在書包帶子上，裡面手帕、茶杯、衛生紙。衛生紙平常大家都不用，只是用來做樣子，日久天長都已成了「柿餅」。

前一天全校大掃除，第二天督學「蒞校指導」。

督學到學校，管我們、管校長的督學，很有日本風，也難怪，那時光復才十來年，督學每次來學校都穿著一襲日式白西裝，戴著一頂草帽（隨四季變換），掛副圓圓的眼鏡，有點像現在唱《有影無》的歌星陳雷。

很奇怪，人長得這副樣子，人人都怕他。

尤其是校長，平常很兇，看見督學都是笑著講話，好像讓人知道他是天生和藹可親的樣子。校長陪著督學走在教室的走廊上，有同學經過他們前面，因為事先交代過要鞠躬敬禮，只差沒有排練過，「小兵」行禮如儀，校長笑咪咪地摸摸他的頭說「很乖」，把他給嚇得半死。

督學來學校，好像全校都在演戲。忽然間學校不知從哪裡蹦出那麼多科任老師？

這簡直把我們給累死。因為一下子唱歌，一下子課間操，一下子又班級躲避球友誼賽，因為不常打，打起來很遲鈍，打了半天很難分出勝負，大家都想趕快比賽完畢進教室。好不容易滿頭大汗比賽完畢進教室，接著又是美術課寫生畫蘋果，蘋果是蠟做的，平時都放在辦公室的架子上，早就積了一層厚厚的灰，今天美術老師已經把它擦得一塵不染、光可鑑人，看起來好像有毒的樣子，就像白雪公主吃了死翹翹的那個蘋果。

忙了一天，人仰馬翻，終於督學走了。

常識課本上說的「迎神賽會是不良風俗」，我看督學來就是這樣。

我們很累，大概命中註定只配每天上國語、算術課和考沒完沒了的模擬考。

真怕「毒蛇」再來，因為督學每來學校蒞臨指導一次，那天我們耽誤的功課，就叫我們「吃不完，兜著走」。還有趁「毒蛇」來，發「人來瘋」的男生，老師一併「秋後」算帳，那更慘。

二指神功

我們的校長本來辦學很「嚴謹」，後來不知道吃錯什麼藥，

27 白色恐怖

忽然在我們升六年級的時候，一反常例讓六年級男女合班。

好像滿先進的。

那時候高年級都是男女分班。

校長說這樣可以帶動競爭心，升學率會提高。沒想到吵鬧率也會提高。

本來女生班清靜慣了，現在來了一群每天第二堂下課要去保健室擦癩痢頭藥的男生，班上的「氣」氛也開始不一樣了。

老師為了要壓住上課愛講話又好動的男生，於是開始勤練「二指神功」。

所謂「二指神功」，就是拇指和食指夾著粉筆頭往講話的男生頭上扔砸，起先命中率很低，我們都在偷笑，常常一堂課下來，滿地都是白粉筆頭，男生還說一點也不痛。後來愈練愈好，練到穩準快狠，百發百中的地步，中鏢的男生會暗自「哎喲」叫一聲。

我坐在男生旁邊很害怕，明明知道老師已成神「射」手，但是還是很緊張，生怕老師一個閃失扔到我。

老師練功練了一年下來，到了聯考前夕全班要去照准考證相片，平時愛講話，每天被老師固定一點「扔飛鏢」的男生光頭上，照起相來像是和尚頭上的戒疤。

酸梅樹

到現在仍不知道老家後院的那棵大樹「學名」該叫什麼。

只知道我們都叫它「酸梅樹」。

之所以被小孩叫做酸梅樹，是因為樹上會結像豆莢一樣的果子（或許該說是豆子），約一個手指的長度，彎彎細細的，外皮呈淺褐色，咬起來硬繃繃、酸酸綠綠的果肉，這就是我們小孩說的「酸梅」，不必花錢買的酸梅。

酸梅樹除了果子酸，連帶的葉子也酸。在「口香糖」還沒有聽過的年代，無聊的時候嚼上一片酸梅樹上的葉子，也可以讓小孩嚼上老半天。

這真是小孩眼裡的「寶樹」。

高寶樹。

那時香港邵氏有位明星就叫高寶樹。

而我們的酸梅樹就像明星一樣，名氣很大。

遠近「慕名」而來的小孩很多。到了夏天，尤其是放暑假的時候，後院籬笆外經常看到一群不認識的小孩在草地上撿拾樹上掉下來的酸梅，假如暮色蒼茫點，那真叫人感動，簡直就像米勒的名畫《拾穗》一樣。

酸梅樹上的果子，真的那麼好吃嗎？

好吃的話，怎麼從不見大人吃？

其實，這種不花錢可以吃到「零食」的滋味，也只有小孩的心裡、嘴裡可以體會箇中滋味。尤其是爬樹摘果子，就是不能爬

樹，像籬笆外的小孩在地上覓食也很高興，這是來自小孩「天人合一」單純且天真的童趣。

弟弟妹妹和我們有「邦交」的鄰居小孩，因此練就了一身爬樹的輕功，常常一溜煙地就爬上了樹。

而我，卻是怎麼爬也爬不上去。

只有在樹下哭的份，偏偏自己的「身分」又是老大，平時發號施令慣了，弄得弟妹敢怒不敢言，如今遇到爬樹這檔事再「ㄑㄧㄚˋ」也沒輒，真是報應。

那時上體育課要爬竿，在家玩要爬樹，簡直遜斃了，一下子威風全無。在家爬不上樹還好，反正不是眾目睽睽，自己多少還有點「淫威」，壓得住場，可是上體育課考爬竿，那就死定了。為此老爸每到星期天就很父愛地帶著我一個人去學校練習，人家是燈下課子，而我的老爸是在烈日下教笨女兒爬竿。老爸都是

先把我抱到竹竿的某一個高度（假如讓我自己固定一點的話，太低，老爸無法推我），倒楣的老爸，賣勞力的老爸用盡力氣在下面頂推，不時還不忘給我加油打氣大聲叫道：「往上蹬！往上蹬！」偏偏我卻一步也動不了，腿腳真不知是怎麼長的，像把鴨子吊空在打水，也像一腳踩空在掙扎什麼。

那光景我都很怕回憶。

小學五年級開始上歷史課，歷史老師說「扶不起的阿斗」，平時在家再兇，這時我就很軟弱的覺得好像在說我。

說到「體育」，從小就是內憂外患，兩面夾攻。

因為不能「爬」，補償心理之下，我開始專攻另一爬，爬格。化悲憤為力量，在作文課上，爬格爬得把老師唬得一愣一愣。「我最快樂的一件事」，我寫的是「爬樹」。作文簿上我把場景形容得很美，爬樹的我也趣味盎然，不明就裡的老師被騙得一路紅

圈畫到底，而我面不改色地就像糟老頭在寫愛情（或是黃色）小說一樣。

現在我都可以不打草稿，馬上再寫幾段：

「傘覆著後院的酸梅樹是童年的快樂傘。

傘覆著後院的酸梅樹，樹上碧綠細小的葉子，在陽光下透著亮亮的綠，濃濃密密、斑斑點點，流光染綠了樹上樹下每個小孩的臉、每個小孩的身子，流動的斑點像是精巧靈動的小精靈，不時的移動，又不時的變幻，小精靈還帶著光，像『小飛俠』裡會讓人飛的金粉……

啊，這棵童年的酸梅樹，綴滿歡笑的酸梅樹！」

哇噻，我太佩服自己了，一下子把自己寫成好像是女泰山！

其實，真實的情形是：後來爸爸想到像電影《海角一樂園》一樣，在樹下特別為我釘了一個梯子，讓我一步一步地爬上樹。

上了樹，我也很知道自己的斤兩，也只敢站在大樹與梯子交界的第一個「丫」字上過過癮。

今春爸媽來東部小住。

我家後院有棵大樹，盤根虬幹。

爸媽早晚都在樹下散步。

有天，忽然爸爸若有所思地看了看後院的這棵大樹，對我說：「還記得嗎，還記得不記得我們在臺南老家後院的那棵酸梅樹？妳呀，小時候不會爬樹……」

我那根管作文的筋開始牽動了，我開始緬懷往事，想到「偉大的父愛」，想到在太陽下老爸舉著雙手推我爬竹竿，想到爸爸為了解決我的困境，幫我在樹下釘的梯子。

我，中年了，睫毛都掉光了，還是不由地淚盈於睫。

這時老媽說話了：「唉，孩子中，我跟妳爸爸養妳養得最辛苦、最折騰。我們一直想不通，我跟妳爸爸年輕的時候都很愛好運動，我們都是學校籃球隊，妳爸爸還是運動會五千米冠軍，我們不知道為什麼會生出像妳這樣的人？大概是『物極必反』吧！」

「是『突變』啦！」我順口這麼說，好像也只有這麼說。

「對啦！突變得厲害！」老媽又接著一句。

哎呀，假如老媽不適時發出「感言」有多好，這下趕走我要寫一篇親情感人、賺人熱淚的文章的所有靈感！

本來我已經在心中醞釀成這樣的句子：

「遙想童年老屋後院的那棵酸梅樹，想著在父母羽翼下的無憂歲月，不管那棵酸梅樹如今是否安在，我想它永遠會在我心中……」

好了，現在抒情文的氣氛蕩然無存，一下子變成寫實紀錄片。

現在我只能把我預計要寫的「酸梅樹」，結尾寫成這樣——

老媽說我是「突變」，我看還是客氣的。沒把我說成「怪胎」就算是給面子了。

酸梅樹，酸梅樹，童年叫我遜斃了的酸梅樹。

木屐伴我走童年

近年來鄉土劇大行其道，常常在電視上看到「穿木屐」的戲，每次看到不管大人小孩穿著木屐走來走去，我就覺得十分親切又溫暖。照理說穿木屐腳是十分冷的，尤其是冬天，而我為什麼會在歲末冬寒蜷縮在沙發上看鄉土劇會打心底地感到溫暖呢？這道理很簡單，因為懷舊的熱力傳達到我的心及腳指頭。

說真的，乍聽叩叩叩的木屐聲，對我來說簡直比跳西班牙舞者手上拿著打拍子的響板還來得曼妙好聽，大家都知道木屐又叫拖板，拖板，響板，敲在我的心版，我偏心的說，還是小時候穿過的木屐聲音好。再說看西班牙舞，聽那陣陣急促的響板聲，只會讓我想到蕩婦卡門，說來也是因為自己生得不夠性感，從小惡補近視散光現在又加上老花，搞得目光呆滯，傻里傻氣，一想到會拋媚眼的女人，我最恨。看鄉土劇，聽土土的木屐聲，我的心情好多了，可說是雜念盡消，我不再憤世嫉俗，我的心情過濾又沈澱，沈到不是谷底，而是沈穩樸實，返璞歸真，一下子就會回到無憂無慮的童騃時光——不會想到長大後自己跟波霸在一起會相形見絀，也不會想到日後的靈魂之窗被整得有如魚市場的死魚眼模樣。

所以，我最喜歡童年，童年沒有「外在」的煩惱。

說到木屐伴我走童年，好像回憶都要有序幕，序幕都要有音效，我穿木屐的童年戲，第一聲「開麥拉」，第一場場景，就像電影《少林寺》裡的一群和尚在沙石上疾走要去打群架一樣，而

我們，一群猴囝仔，人人腳上一雙木屐，刮噠刮噠地往住家附近的竹溪寺跑，寺廟清幽，出家人修行在此，整日木魚梵唱，小孩不管寺廟規矩，或是保持佛門清靜，漫漫暑假，無聊得緊，沒有電視也沒有柏青哥，只有阿三哥的年代，好像只有去竹溪寺玩才好玩。竹溪寺進門有長長的臺階，我們刮噠刮噠的上下，乍聽之下也好像有點ㄎㄨㄛ ㄎㄨㄛ ㄎㄨㄛ的跟著木魚打拍子，正在唸經的尼姑，聽到我們大隊人馬的木屐聲，大概都會邊敲木魚邊皺眉。

可憐的出家人，就是因為塵世紛擾出了家，沒想到出了家也沒有什麼清靜，暑假一到卻又被一群出了家門的塵世小鬼吵得半死，看樣子，世間真的沒有一塊我佛淨土，現在我很體恤地這麼想。

就因為這樣，我曾正經八百很虔敬地寫過一篇〈竹搖清影罩幽窗〉，為的是以贖往日罪愆。文中有道「遠遠望見三兩個正在竹林中掘筍的尼姑，出家人的緇衣映在濃黛的竹林中，有股說不出的潛靜氣氛，那天，一幅淡雅幽邈的國畫就這麼映在心中。」其實那天，真實的情形是這樣的：弟弟和鄰居的一群小男生，所謂的木屐大隊在林中兵分二路，諸葛四郎與真平大戰魔鬼黨，老尼姑帶著小尼姑忍無可忍，本來是國畫靜態畫面（出家人動作沈穩，動似靜，動靜難分），最後變得有如武俠小說中的南海神尼般就地取材拿著竹篾來追趕我們！

沒想到木屐大隊人人練得一副「草上飛」、「水上飄」的兩腳神功兼輕功，追趕跑跳蹦根本不當一回事，一個行腳跑得老遠，氣得手上拿著奇門兵器的大小尼姑哇哇叫。走筆至此，想到鄉土劇裡的新世代小演員穿上木屐一副怕踩到地雷、一副如履薄冰，亂不會走路的樣子，忍不住地要說「太遜了」！遙想當年，同樣年紀的我們是何等的「神勇」！現在常常被兒女削、動輒被兒女

視為老土的我們這一代，嘿，我們也有贏新新人類的地方，那就是穿木屐的腳底神功。

所以，我一點也不羨慕現在的小孩，現在的小孩一落地就是吹冷氣、玩電腦，無啥米了不起，說穿了是來亨雞。而我們在物質缺乏的年代當小孩，小孩天地中照樣無中生有，有樂不可支的童趣，我們是撒腿亂跑的土雞，但是要註明的是，不是進「土雞城」的那種。

回想起來，在「塑膠」這個名詞還沒有出現的年代，現在的塑膠拖鞋不知道在哪裡的年代，那時候睜眼閉眼只要過日子就是穿木屐，木屐聲在大街小巷此起彼落，是名副其實的「行」「板」，尤其是野臺戲散場，木屐聲都帶著滿足與快樂，讓人覺得日子還是不錯。當然啦，正式場合還是要愛點漂亮穿鞋子的。小女生過日子，沒什麼好「現」，好像就是比木屐了，那時候臺南赤崁戲

院對面有一排排的木屐店，五顏六色，琳瑯滿目，十分好看，每年爸媽都會帶我們挑幾雙，女生穿的木屐十分花俏，木屐帶上還有用橡膠做的立體小蝴蝶，簡直美死人。後來慢慢長大，很羨慕大人穿高跟鞋，常常有事沒事就偷穿，最後乾脆自己「研發」出一種高跟鞋，那就是穿木屐的時候，腳後跟放一個石頭，哇，走起路來，痛得半死！但又覺得痛得高興，款擺生姿，很小三八。始作俑者我也，搞得鄰居小女生都這麼穿，說來真的有點像酷刑，但以現在的眼光來看，這樣好像是很好的腳底按摩，不知會打通什麼穴，大概是「三八穴」，沒想到自己竟是腳底按摩這方面的先驅。

至於男生穿的木屐就沒什麼看頭了，男生不在乎，甚至有人根本是穿「皮屐」，人皮屐，赤腳大仙也是一樣到處跑。那麼爸爸們穿的是什麼樣的木屐呢？假如是普通居家男人就穿普通木

屐，自己覺得有點來頭的，就穿像《阿信》流氓義兄穿的那種，三寸棕木屐，要去「圍事」的話，尚未開口，三寸棕木屐就幫你先嚇人，我們小孩都很怕穿那種木屐的人。在我的小說中曾經寫過民國四十年代的流氓，我這麼寫「××尋仇都是腳趿三寸高跟木屐，口嚼檳榔，身著汗衫，手拿武士刀，一路幹，幹，幹，去幹的，假如仇家比較遠，××就對自己說駛自行車去好了，自行車腳踏車是專門給冰菓店送冰，後座墊有麻袋特大座的那種……」那時，當流氓是要有體力的，砍殺要靠力氣，上路更要「路遙知馬力」，否則一路並非都是柏油路，尋仇未果身先倒，不像現在這麼爽。話說風水輪流，尤其是造型打扮，現在好像又都流行復古風，從「三口組」那邊的正宗流行，似乎又開始流行穿木屐了，自認長得不賴的酷流氓又開始以名牌西裝配三寸棕木屐，這樣另類打扮也好，炫ㄅㄧㄤˋ，不會得香港腳。就是不知道，穿三寸高跟木屐開車追殺、逃命的時候，好不好開？因為我自己，換了一雙鞋，厚度不一樣，都不太習慣。

木屐伴我走童年，我連童年眼裡流氓穿的木屐都注意到，現在想想自己小時候真是不簡單的囝仔，這麼鉅細靡遺、觀察入微，把這份心思放在初中聯考上，非當聯考狀元不可。

看樣子，寫到這裡好像是結尾，可是我還有話要講，不說出來好像對不起陪我走過從前的木屐，我歸納整理，整理出以我的經驗，來說說木屐帶給我們小孩的好處，其實好處也就是用處，這些好處全都讓我難忘，因為每一個好處都帶著一幅畫面。

一、腳有木屐不求人——要釘釘子，沒錘子，沒關係，腳有木屐不求人。走到一半，玩到一半，稍等，暫停，拿著木屐釘木屐。木屐是穿在腳上的工具。

二、隨腳攜帶防身器——尤其是男生，兩方叫陣，短兵相接用來敲，長距離用來手榴彈擲遠。野狗來了，兩方同讎敵愾一起拿著木屐砸野狗，落霞與木屐齊飛，秋水共長天一色。最後穿的都是不成對的木屐回家。

三、巧婦最愛是木屐——女生，家家酒，一時盤子短缺怎麼辦？安啦，照樣出菜，木屐脫下端出去，小花小草擺放木屐上，乍看起來像西餐。

四、……

不必寫，因為你們已經知道，「木屐聲是溫馨的靈感之源」，否則，你們就看不到我這篇文章了。

桂花香

一直很想寫篇「婆婆與我」的文章，可是又覺得好像會讓人認為是電視劇的《勸世媳婦》、《警世媳婦》那一類，而我要寫的「婆婆」則是我的阿嬤外婆（其實是媽媽的奶媽），不管一般人怎麼稱呼，這就是我的婆婆。在一篇文章前這麼解釋似乎很多餘，簡直有背我的「文風」，之所以囉嗦、先聲明是有原因的：話說在我像「少年大頭春」那個年紀，初中生例行每個禮拜都要寫週記，無獨有偶的，我的導師跟大頭春的導師一樣，很喜歡在「導師評語」一欄發表些自創的格言和自認很關切的話。週記簿上「一

週大事」，我寫的是我和婆婆之間的小事，十二、三歲的小孩哪來的什麼大事好寫？我只有寫我的婆婆，因為我是跟婆婆住在一個房間，當週記簿發下來，「導師評語」給我的是一記當頭棒喝——

「『婆婆』乃是已婚婦女對夫家母親的稱呼，妳小小年紀哪來的婆婆？切記，不可亂用，以免貽笑大方。」

我看了，臉上紅一陣熱一陣，好在旁邊沒人注意，我趕緊把週記簿合起來，像做了壞事，又像是小偷。那時候我是班上的學藝股長，學藝股長都讓人覺得滿會作文的，而我，一下子覺得面子很是掛不住，不知不覺沒出息地都想哭。現在想想，我幹嘛要哭？但小女生是很想不開的。這且不說，到了班會，導師沒什麼好報告了，於是把週記上「稱謂」不當的事，特別提出來講，像是好心地開了一堂「國學講座」似的。自此，我不再、也不敢寫

我的婆婆，許多本來該記下的事，全都給嚇了回去。如今執筆寫懷舊系列，覺得過往歲月中一定得寫寫「婆婆與我」，之所以提出這段往事，就是呼籲老師們不管改作文還是改週記，千萬不要太僵化、八股，要讓學生自自然然用他們的話去寫。好了，冤氣怨氣已吐，看來這口氣憋得可也真長，現在開始寫：

最喜歡看小女孩梳著兩根小辮子。因此女兒小的時候，我都給她們留著長髮，因為我很喜歡梳辮子的心情；這對我來說是很美的一刻，可以這麼說，簡直是享受。每當我撫摸女兒一頭烏黑柔軟的頭髮時，思緒也就絲絲縷縷地牽引我回到了兒時，一下子時空流轉，彷彿又回到記憶中熟悉的屋簷下，看到了我的婆婆……

那是一個清晨，早晨的風總是輕輕淡淡的。晨曦從後院中那棵大樹的枝葉中透了出來，閃閃亮亮地搖晃著，微風一過，眨呀眨呀的像昨天夜裡，天上留下來的小星星。這時，婆婆早已梳洗整齊地坐在藤椅上，等著要給我梳頭了。我搬著小板凳，坐在婆婆的跟前，於是婆婆開始了我們祖孫間一天的晨課——「梳頭與叮嚀」，婆婆一成不變的叮嚀，我哼哼呀呀的應諾。最後，婆婆總是說：「記住就好，小孩要有耳性啊！」忽然，樹上的小鳥聒噪起來，一群群地準備振翅起飛，我扭著脖子，煞有介事地想要回頭看一看，「坐好，當心我把妳的辮子編歪了！」我不放心地趕緊伸手摸摸剛分好的髮縫，再度安安分分地坐好，讓婆婆拿著木梳重新來過。

「今天要梳個什麼花樣的辮子才好看呢？」婆婆像是自言自語，又像是對我說。婆婆每天早上要給我梳辮子是「挖空心思」的，因為婆婆要跟媽媽「較量」，我跟妹妹兩個，媽媽負責替妹妹梳，婆婆替我梳，婆婆一定要梳得比媽媽好看才覺得有面子。於是婆婆拿起身邊擺滿碎布條、針線、毛線的「聚寶筐」，找到了一條紅色的毛線，把紅毛線很細心地編進我的辮子裡，若隱若現地十分好看。當我和妹妹一起上學，回頭向她招手的時候，婆婆站在門口，嘴角浮著笑意，也若隱若現的得意。

婆婆編的辮子真好，緊密又好看。一直到放學，我的辮子還是整整齊齊的，不像班上有些同學，辮子變得鬆鬆亂亂的，好像自然課本上說的「大麥芒長，小麥芒短」，辮子都長了麥芒。

放學回家做完了功課，假如婆婆的「功課」還沒做完，我就樂得幫她一起做。我張開雙手撐起毛線，婆婆要把這些毛線繞成球。毛線不停地來回繞著，我的眼睛也跟著來回打轉，不一會兒，毛線繞成了球，一個又一個，各色的毛線，全都放在婆婆的「聚寶筐」裡。婆婆說，天涼了，要幫我織件毛背心。我跟著婆婆也依樣畫葫蘆拿起我的線團，上下針地織了起來。織著織著笨拙的手指讓我洩氣，抬頭望著婆婆聚精會神的樣子，好羨慕婆婆的小

拇指能輕鬆地勾起毛線，套在小拇指上，像是戴了一只小戒指，十分靈巧又好看。我想學，卻又怎麼也學不會，懊惱地坐在一旁，像皮球洩了氣。婆婆看見了，放下手中的毛線，讓我坐在她的懷中，扶著我的手，一針針地帶著我織，慢慢地我熟練起來，心裡高興得正像五彩繽紛的線球。

婆婆生了一雙巧手，除了毛衣織得好外，會做的活兒還真不少：拿起剪刀會剪出讓我目瞪口呆，一群群手牽著手的小人兒，盤出各式各樣的花扣，又頗具慧心（比匠心高一籌）。年節到了，婆婆會剪出一室的喜氣，繡的花，常讓我傻傻地捧起來聞一聞。記憶中，婆婆還有個石磨，那石磨象徵了婆婆農業社會根深柢固對年節的企盼及對神祇的虔敬。每到歲末，婆婆搬出石磨的時候，都會讓我們姊弟興奮老半天。磨米漿的時候，我小心翼翼舀著泡過的糯米放在石磨裡，婆婆慢慢地推著石磨，悠悠地講起「趙五

娘」的故事來，婆婆每年講的都一樣，因為婆婆覺得磨磨的時候跟「趙五娘」的故事很配。婆婆的石磨就這樣一圈又一圈，一年又一年地磨進時間的流裡。後來街坊鄰居都叫米店機器代磨，婆婆仍是一絲不苟地護著她的石磨，視若無睹對街糕餅舖裡現成的年糕，婆婆守著她的石磨，就如同老農守著一塊祖傳的土地。

婆婆除了具有農業社會勤儉持家的美德外，還身懷一項「絕技」不能不說，那就是只要婆婆外出常會在地上撿到錢，這「手藝」比婆婆會做的十八般女紅還叫我佩服。雖然婆婆撿到的都是些小錢，可是小孩眼裡看來，只要跟著婆婆學會一招半式就會遍地黃金。我財迷轉向，一心想要取得撿錢的「葵花寶典」，婆婆笑咯咯地說，這就是裹小腳的好處，因為小腳走路會往前傾，往前傾就會看著地，看著地當然就會撿到錢。我依法練功，練了很久，人變得愈來愈駝背，可是也沒像婆婆那麼出門見喜，記憶中只撿到過一次。「最豐滿的稻穗，最貼近地面。」現在只要我一想到這句話，就會想到當年財迷轉向拜師學藝的情形。

兒時的歲月，就隨著婆婆悠遠而又怡然自得還帶點好玩的步調輕輕走過，近日，在居家不遠的湖邊散步，驚喜地發現，一叢類似小時候婆婆常帶我去屋後山坡地挖掘的毛草根，好奇地挖了一棵，也只是相似而已，心中一陣悵惘。這生長在童年歲月的小草，只有一次在圓環夜市的草藥攤上看過，細細白白的並排在一群草藥中，顯得格外亮眼，情不自禁地買了一把，握在手中，真想就此握住過去的歲月。

如今，海外夢迴，兒時情景依稀，婆婆早已去世多年，憶及兒時種種，常使我一寸還成千萬縷；我懷念依偎在婆婆身邊的每個日子，這溫馨的感覺，就像婆婆髮髻上的桂花香。

異鄉的三輪車

走在馬里蘭首府安那玻里斯頗有歐洲風味的街道上，正在瀏覽家家窗口掛著白蕾絲窗簾裝飾得十分可愛的櫥窗時，忽然從對街一個幽暗的衖巷裡騎出一輛色澤豔麗車鈴叮噹作響的三輪車，一輛在美國頭一次看到久別乍逢的三輪車！

眼前突如其來的聲光色彩，突如其來的童年畫面，使得我像小孩似的抓著老公的手臂又驚又喜的叫嚷著：「你看，三輪車，我們小時候的三輪車！」就在我駐足轉身面對三輪車的一刻，在那熟悉的車鈴聲裡，剎時讓我有些錯覺，彷彿它是穿越時光隧道，

穿越兒時舊家門巷，一路叮叮噹噹載著童年往事向我迎面而來的夢幻花車。

　　望著這輛為招攬觀光客，車身漆著鮮豔色彩的三輪車，車上年輕的車伕正一面沿街吆喝一面順著下坡街道滑向人群麕集的港口鬧區。像是乘風而去的這一道亮麗色彩，在這有數百年歷史色調古樸典雅的青石板街道上，就像在沈靜幽邈褪色的相簿裡重新刷上一道明朗鮮活的光影，眼前這道明朗鮮活的光影，使得我的心思也跟著輕快的跳動起來，彷彿只要跟著這條流動的色彩，就可以一路滑向遠遠的天邊，滑向遠遠天邊裡的歲月……

　　像我一樣童年在民國四十幾年度過的人來說，三輪車曾是過去生活中不可缺少的交通工具。記得小時候臺南南門路老家的巷口大榕樹下就是三輪車聚集的所在。榕樹的樹幹上經年掛著一塊有各個代號的名牌，三輪車伕就按著他們自訂的秩序輪班做生意，

很少有像後來計程車司機為了搶顧客拉生意而大打出手的事發生。記憶中三輪車伕多半是從軍中退下來的老兵，還有一些從工地轉行的工人，清閒的時候，樹下的三輪車伕總是聚在一起，一隻腳蹺在長板凳上圍在一起下象棋。大榕樹下的畫面如今想起，就像是一幀沙龍影展中題名為「往日情懷」的黑白佳作。

一直記得小時候最高興的事，就是爸媽叫我去巷口叫車，這意味著一切準備就緒，就要帶我們出去玩了！最高興是叫了車我先一個人坐在車上，很享受也很威風地坐上短短一程，讓像是街坊鄰居的三輪車伕空空蕩蕩搖搖晃晃地把我拉到家門口。

那時候的公車班次似乎不多，週末星期假日外出多半是坐三輪車，一想起坐三輪車的情景，好像就有陣陣微風正從溫馨的回憶裡，拂過鳳凰木的樹梢徐徐的吹過來……坐在三輪車上的爸媽都還年輕，身上抱著妹妹和我，今天輪到弟弟蹲在座前，弟弟一

動也不動的握著三輪車伕座墊後的兩個圓環。我和妹妹穿著新做的淺黃色泡泡紗的裙子，車子沿著南門路一路下坡滑向市區的時候，迎面而來的涼風吹蓬了我的裙角，不時的還要用手壓蓋著……，多年以後，當我長大聽到流行歌曲裡的一句——「……星星在笑，風兒在妒，輕輕吹起我的衣角……」，讓我想到的就是兒時那個夏天的傍晚，坐在三輪車上風兒輕輕吹起了我那件淺黃色繫有蝴蝶結的衣裙！好一句輕柔迴轉的「輕輕吹起我的衣角」；彷彿空氣裡都可以聞到吹起衣角飄來的柔蜜清涼的粉香——那是小時候外出前梳洗完畢後媽媽替我們擦的痱子粉香，是童年裡最堪回味的一縷象徵母愛的清香。

在三輪車上也有溫暖難忘如在羽翼下被保護的溫暖記憶，那是坐在三輪車的帆布篷裡。外面的淒風冷雨，帆布篷裡小小安穩的角落，心中油然而升的暖意至今仍讓我覺得是我最愛的一個遮

風擋雨的地方。上了初中後，小時候帆布篷裡溫暖的感覺一直讓我有著溫柔浪漫的聯想；在那沈迷小說情節的年齡，自己常想有朝一日也要寫小說，小說裡要有個風雨交加的夜晚，男女主角依偎在兩人的世界裡……

我邊走邊想，不知不覺走到街道的盡頭。在停泊遊艇的碼頭旁，一群利用週末打工的年輕學生，正跨坐在三輪車的座椅上輕鬆的談笑著，偶爾還不忘帶著幾聲嘹亮的吆喝聲：「好天氣，要不要搭車兜一圈？」我望著三輪車上神采奕奕的面孔，嘴角洋溢著青春氣息的微笑，只是……只是當我走近，走近三輪車，驀然兜上心頭是——不知坐上這輛異鄉的三輪車，是否能載著已是中年兩鬢已見白髮的我，走向回家的鄉路？走向那遙遠的童年？

一個週末下午

一個週末下午，和鄰居去一家專映舊片的戲院看電影。據說該戲院內部的陳設以及放電影前的廣告都還特意維持著以前的原樣，很讓人有身歷其境時光倒流的感覺，我沒去過，自是很想一睹老美老戲院的老相。這家位於市區背街的戲院，在入口走廊的暗紅壁紙牆上掛著戲院自落成剪綵之日開始按年代排列的相片，昏暗的燈光，老式的裝潢，真的讓人彷彿走在時光隧道裡。我用自己一貫常用的方法減去十一，換算成民國××年，戲院是在民國三十四年底也就是在大戰剛結束的昇平年月建造的，那時我還沒出生呢，我有點高興，高興自己的「年輕」。由相片上看來，當年戲院可算是繁華之區，只是時光遞嬗隨著市區的發展，如今已淪落成背街的位置，從相片上張張大排長龍的盛況看來，叫人不難想像它昔日的風光。順著牆上的相片一路看下去，就比較有興趣了，因為有張相片註明的年代，正是我讀小學的時候，年紀跟我相仿的蘇珊指著這張相片對我說：「妳看，這個城在我小時候就是這個樣子，以現在的眼光來看好像是個鄉村城市，說來妳也許不相信，小時候我還在河溝裡抓過魚呢……」我望著蘇珊說話時像小孩似的神采，忽然覺得這個童年跟我隔著大半個地球，以前總覺得彼此的童年沒什麼交集，我，每天要惡補，妳，好命的每天下午三點放學，我在教室熱得半死在背：「莫嘆苦，莫愁貧，有志竟成語非假……」妳爽爽的回家坐在沙發上吃熱狗……，現在經她這麼一說，忽然間讓我覺得當我小時候在臺南金湯橋下

捉蝌蚪或是在安平挖蛤蜊，好像也都有她的份。

如蘇珊所說的「鄉村城市」，可不是嗎？在戰後出生的我們這一代，在童年眼裡的城市，如今回想起來都有一番野趣的。說來有點不可思議，小學四年級時，有回全校師生在離學校不遠的金湯橋附近的樹林裡防空演習，還發現了一隻受傷的小鹿呢。永遠記得那時我們小學來了一位新校長的名字，我們的校長是祝家樹校長（不敢沒有稱謂，我太喜歡這位校長了，很可惜的是只當了一年校長就被調走了），這位懂得兒童心理的校長讓我們把小鹿帶回學校，帶回學校全校師生一起飼養，待小鹿傷癒雖然萬般不捨，校長還是帶著我們像遠足似地把小鹿放回了那片樹林，校長說讓牠回去找牠的媽媽，就是找不到媽媽跟牠的兄弟姐妹在一起也好。到現在我的孩子的年齡都遠超過我當時每天上學不忘在書包裡放幾片青菜的年齡，可是直到現在，每次在動物園看看隻

隻可愛的小鹿，以及像現在跟蘇珊坐在戲院裡準備看一部我們兩個小時候都看過，由珍惠曼主演的老片子《鹿苑長春》（大概是被翻譯成這個名字，不太有把握，是述說一個山村小男孩和一隻小鹿的故事），心中就會覺得格外溫馨；那段兒時全校一起養小鹿的快樂經驗，叫我終生難忘。走筆至此，寄語大人或是當老師的，千萬不要忽略了兒童心理，常常設身處地的要把自己當做小孩，要知道大人偶爾「放下身段」做的「小善事」，會讓小孩回想一輩子。像遇到我這種有良心的小孩，不管隔了多久，不管日後小孩變得多老，只要想起來，文思會泉湧，會情不自禁很感激地寫篇文章來「歌頌」你，假如文章出了書，那更是流芳萬世。

好了，現在再回頭說小時候——

說來在我們小時候的城市，真是樸素得猶如小鄉鎮。就連街道騎樓下的攤販也彷如一頁章回小說裡的插畫。那時臺南中正路

的芳園冰菓室前就有一幅刻鏤在我記憶中的畫面；騎樓下有位經年穿著旗袍說起話來細聲細氣擺攤賣繡花鞋的婦人，有回跟婆婆上街還看著她坐在竹凳上拿著檀香扇子搧啊搧的，小時候不懂怎麼形容這份心頭的美感，只會呆呆的望著她，覺得這位賣繡花鞋偶爾也坐在騎樓下繡鞋面的婦人，頭上梳著用髮網包紮的圓髻，手上拿著扇子，還有旗袍襟上掛著白白長長的手絹和串綴的玉蘭花，以及她穿的繡花鞋，從頭到腳都很配。就坐在騎樓下輕輕的搧啊搧的，把攤上附帶買的玉蘭花香都搧進了民國四十多年五〇年代的臺南市街裡……，三十多年過後，有回走在人聲嘈雜的大街上，偶爾瞥見一家櫥窗擺放的一叢貌似玉蘭花的小白花，心頭飄過的竟是小時候在臺南騎樓下飄浮的那熟悉的縷縷幽香，這突如其來的憶想，讓我走在行色匆匆的人群中，心情一下子變得好得出奇，照照鏡子大概也是格外地慈眉善目罷，我看到誰都想跟

他笑一笑。

一直很慶幸，自己生長、自己記憶中最初的城市，是個樸素而沒有被後來的繁榮暴發所污染的年代。是個連「塑膠」這個名詞都沒有的年代，大人小孩管不常見的塑料品叫「化學」。那時小孩用的文具多是木製的，木製的鉛筆盒、木製的小尺，鉛筆盒裡的削鉛筆刀，刀片的套子也是用回收的洋鐵罐做的，花花綠綠，上面什麼樣的字都有。我們沒有削鉛筆機，也沒有後來發明的免削鉛筆，可是字寫得好像也不賴——好一個樸素同時也是一個窮兮兮的年代，很奇怪，那時也不覺得窮，因為大家都一樣，沒什麼好比，心思也就自然單純。

當銀幕上林中的小屋炊煙裊裊，鏡頭由近漸遠呈現一幅田園美景，這時畫面打上「劇終」的字幕，戲院的燈亮了……，我們又回到了現在，從很久以前到現在，從小時候看這部電影的回憶

中走了回來。

「真不好看，老派電影！」聽到鄰座一位年輕孩子這麼說。看來中外的年輕孩子都一樣，現在我們這一代，當年大跳阿哥哥，現在不是動輒就被新新人類叫做ＬＫＫ？啊，人間歲月最公平，少年莫笑白頭翁，花開能有幾時紅。當年我們嫌父母，如今有人來「報仇」。我對自己說。

儘管如此，我的心情仍然很樂，看看除了寥寥無幾的年輕人外大家的表情吧，在魚貫走出戲院的隊伍裡，舊片縈繞在心頭的美好感覺，使得我們也都心領神會地相視一笑。跟著人群走了出來，當我們再度穿越戲院的走廊，沿著牆上相片的年代向前走，雖然這時我和蘇珊沒說話，但是我知道我們都很 Enjoy。

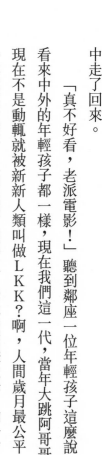

真的是——

出了戲院，走在大街上，我忽然很像小時候，看完電影仍不想馬上回家。無巧不巧，整天節食的蘇珊，望著夕陽西下時分拉長的兩個原本胖墩墩的身影，好興致又豁出去地拉著我說：「走！不要回家，讓我們兩個好好地大吃一頓去！」

哇，兩個ＬＫＫ過個這樣的一個週末下午，真好！不，要學新新人類這麼說——哇噻，簡直帥呆了！

南門路上

童年是在臺南南門路上走過的。

一想到這條小時候眼裡看來是「遼闊無比」的街道，就會讓我不由得縮小回到童騃歲月裡，彷佛自己一下子又走在五〇年代充滿天真諧趣的南門路上。

●

五〇年代的南門路，雖說是在市區，但是靠近市區邊緣，頗有鄉村風味。

那時候，南門路上經常看見牛車。

只要叮叮噹噹的牛車聲響，住在附近的孩子，就會像童話故事「吹笛人」一樣著了魔似的，在後面的溜溜地跟上一大串。遇著上坡路，跟在牛車後面的我們便使勁地幫忙推，為的是想上坡過後，「牛車人」會「感激」的回頭招招手，叫我們全都跳上車跟他走一段。

再也沒有「苦盡甘來」坐在牛車上更叫人高興的事了。

坐牛車多半是放學後夕陽西下的時候，晚風夾著兩旁甜滋滋的果樹香，紅通通的落日把坐在牛車上的我們的臉，也都照得跟它一樣紅；牛車慢慢的走，我們就這麼搖搖晃晃的盪在夕陽和晚風裡。

牛車走到了南門路的盡頭，「啊——咿——」一聲吆喝聲，牛車停了，這時不待人開口，車上的乘客個個很有「默契」的跳下來。噗通噗通一個接著一個的跳，好像有音符蹦跳在夕陽裡。

「阮厝在牛稠子……」牛車人對我們說。

從南門路經過健康路、大林路到牛稠子，遠的像天邊哪……

什麼時候，我能一路坐著牛車坐到牛稠子；跟著大家站在路口目送牛車穿過蓊鬱的鳳凰樹林，我悄悄地這麼想。

現在回想起來，當時的心願——「坐著牛車，一路坐到牛稠子……」就像一首帶著押韻的小詩，一首只有小孩心裡才有的可愛童詩。

●

南門路上有牛車，相對的，自然有牛糞。

南門路上的牛糞被臺南的太陽稍稍曬曬就乾了。

路上的乾牛糞其實就像被壓平的一堆枯草，並沒有什麼惡臭。

在那沒有電視的年代，路上曬乾的牛糞成了不可思議且叫座的「人間傳奇」——

「誰踩到牛糞，就會撿到錢！」

同伴中真的有人因此撿到了令人羨慕的五毛錢！「靈異」得很。

要知道在那個時候，撿到五毛錢銅板是非常非常值錢的，對小孩來說簡直就是發了一筆橫財。

於是，南門路成了我們的發財之路，遍地黃金嘛。

不久，活靈活現的傳說又來了——

「下雨天後，踩到牛糞更靈。注意，不能『故意』的踩到，要真的『不小心』的踩到！」

大概「故意」踩的人太多，大家都太財迷心竅了。

遠遠的看見黑黑乾乾的一團，裝著漫不經心的走過去。

「小心，前面有牛糞！」

從此兩人為這句話絕交，因為，你「故意」的害我撿不到

錢，故意的擋了我的「財路」。

● 在南門路上，後來我真的撿到錢，我「好運氣」的撿到一張紅色的五塊錢鈔票！

一時大夥七嘴八舌的全圍攏過來，圍攏過來看這張鈔票，看了鈔票，面面相覷。因為，這是只有半——張——的五塊錢鈔票！

在大太陽下一群小孩就嘰嘰喳喳的在路邊討論起來，討論了半天最後一致通過——拿著這張只有半張的五塊錢鈔票，大家一起從南門路走到東門路，去東門圓環附近的臺灣銀行問問，看看值不「值錢」?·可不可以當兩塊半來花？

於是，大隊人馬浩浩蕩蕩的帶著半張鈔票，一點也不嫌遠的往銀行走。走進銀行大家怕怕的，連平時最頑皮的弟弟也不敢出聲。

妹妹個子長得比我高，推她去櫃臺問。我跟著大夥賴皮的走在她的後面。

好傢伙，櫃臺前一下子來了一群小蘿蔔頭，每個蘿蔔頭上都有一對期盼的小眼睛。

「半張五塊錢，可以給你們換兩塊半。」坐在櫃臺上的小姐對妹妹也對我們說。

歡天喜地的換得了兩塊半，見者有份，人人分得一杯羹。商議了半天，五五二十五，每人分得五毛錢。

走在回家的路上，在南門路口的一家小吃店買了五個滷雞爪，五個小孩就這麼津津有味歡歡喜喜的頂著大太陽一路啨回家。

到現在，一想到小時候在南門路上撿到半張五塊錢鈔票的夏日，想到從天上掉下來的滷雞爪，都還覺得齒頰留香呢。

「城門城門幾丈高，六十六丈高，騎白馬帶把刀，走進城門砍一刀！」

不知怎麼搞的，後來玩的時候都唸成了「城門城門雞蛋糕……」也許，城門和雞蛋糕在一起對小孩來說比較有趣。

南門路上有城門。對我來說南門路上是「城門城門雞蛋花」。

小時候，常常跟著大隊人馬東遊遊西逛逛的。走來走去就是我們的「勢力範圍」南門路上。

靠近中廣公司附近，在南門路後面就有一個城門。城門裡、城門上住了不少戶人家，零零亂亂，炊煙裊裊。

上了高年級，讀歷史，每回打城門下走過，心中就有懵懵懂懂的一片古典。他們住在「歷史」裡呢，好讓人羨慕。

轉念之間，又為城門感到委屈，整日蓬頭垢面的。

假如我住在裡面，一定要打掃得乾乾淨淨的，乾淨的就要像歷史課本上纖塵不染的國畫一樣。當時我認真的這麼想。

雞蛋花，雞蛋花在通往臺南女中的巷口。

遠遠看見「李二白律師」的招牌，彷彿就在向我們招手，告訴我們就快到開滿雞蛋花的大樹下了。

這是小女孩最愛的角落，常常在樹下兜起裙子撿拾朵朵黃白相間的雞蛋花。

「芬芳美麗滿枝椏，又香又白人人誇，讓我來把你摘下，送給別人家。」

在音樂課上才學的《茉莉花》，同伴中就有人即興的唱了起來。

朵朵清香的雞蛋花，我們才捨不得送給別人家呢。我們都「送」進鉛筆盒裡。

這樣打開鉛筆盒，都是陣陣花香。比放香水鉛筆渣還香。花香繚繞，功課，好像一下子就寫完。

●

南門路，童年的南門路。如今回想起來，在物質匱乏的年代，徜徉在南門路上的我們，卻是有著如此豐盈充滿童趣的兒時歲月，雖然沒有電視，沒有電玩，可是童年的成長之路如此叫人難忘，如此溫馨。

啊，何其有幸——

童年是在臺南南門路上走過的。

廣告與我

我愛廣告，從小就愛。

大家看了一定會說：這傢伙真是無聊得可以。

對，說對了。當初，也就是當初年紀小的時候，喜歡上廣告，的確是因為無聊。無聊得以「聽」廣告為樂。

話說在當我小孩的時候，廣告多是「聽」的，很少是「看」的。因為，在那時候沒有電視，「電視」這名詞還沒出現在字典裡。

那麼，看電影的時候有廣告吧？很少，那時候大家都很窮，大概連廠商也沒什麼錢做廣告。因此電影院的廣告極少，放完了國歌，就是一兩個預告片，接著就是正片，倒也省事。那時候最常「見」的廣告，多半是不花錢貼在電線桿上，或是牆上一年三百六十五天任憑風吹雨打的廣告。

這些廣告沒意思，小孩子是「不屑一顧」的。說穿了，是廣告上很多怪字眼，沒「學問」的小孩看不懂。現在回想起來，幾乎都是些陽痿補腎、調經理帶、包皮痔瘡之類的怪字廣告。

因此，最受我歡迎的廣告，讓我簡直把它當作「娛樂」的廣告，是每天晚上收音機裡報時的廣告。尤其是賣藥的，它叫我聽上了癮。

到現在我都還記得，每到晚上每隔一小時，「痛！痛！痛！七海克你痛！」三聲「痛！痛！痛！」就是報時鐘。

可以這麼說，我的童年是一路「痛」大的。每到了晚上，沒聽到一陣跑江湖賣藥似的「痛！痛！痛！」我睡不著。

說來，這是我的搖籃曲，也是安眠曲。稍微長大，上了高年級後，略懂人事，懂得男女之間對話的那種「打情罵俏」，我變得更是愛聽廣告。廣告中一男一女國臺語摻雜，又不時加上幾句洋涇濱英語的廣告詞，常叫我蒙在被子裡笑得咯咯咯。我在被子裡笑得忽掀忽掀的，還好我老媽沒像舍監有查房的習慣，否則一定以為我在打擺子。

那是我一天中最快樂的時光。說來可憐，十一、二歲的小鬼每晚惡補回來後，因為用腦過度，明明想睡，可是睡不著，翻來覆去之際，這時親切又滑稽的廣告聲成了我紓解身心疲勞的良劑。

我常常豎著耳朵聽對街小皮匠店家裡（客廳即工廠，比謝東閔先生任省主席時口號還喊得早），每天晚上收音機開得亂大聲，所謂「一家烤肉三家香」，這樣聽比較划得來的收音機廣告，聽著聽著，我笑著進入夢鄉。後來，不知是誰告訴小皮匠開大聲費電，於是乎銷聲匿跡好一陣子，我悵然若失，而我家晚上是不准有聲音的。天可憐見，後來又有人告訴小皮匠沒這回事，大聲小聲都花一樣電費，於是小皮匠積壓了好久，像童養媳似的小聲聽收音機的畏縮、受壓迫感，在往後的日子變本加厲地全討回來，聲音開得比以前更大聲。我樂得每晚笑個不停。不過，有件事到現在我都不知道，收音機音量大小跟費電到底有沒有關係？

童年往事，留在童年裡的聲音，至今我記憶猶新，它叫我如今年紀一大把，在廚房炒菜的時候，常常像乩童似的嘴巴唸唸有詞：

先來一段音樂——

叮咚叮咚叮咚叮咚叮……（簡譜是：1315$\dot{1}\dot{1}\dot{1}\dot{1}\dot{1}$）

男：哈囉，賣打鈴，親愛的（國語），妳今啊日好嘸？

女：欸……（有氣無力，嬌弱彌留狀）阮……頭殼痛、嘴齒痛、腰痠背痛……為著你心肝痛……

男：痛！痛！痛（矯勇中氣十足狀）！七海克妳痛！

女：欸……真呷有效！賣打鈴，多謝你！Thank you very much! I love you!

哈，聽廣告學英語，我還沒上初中，就學會了不少打情罵俏、肉麻兮兮的英語。

接著進入六〇年代，電視開播的時候，起先只有北部有，後來才縱貫橫貫全省。六〇年代的電視廣告大都是唱的，用的不是兒歌，就是中西流行歌曲，搞得大街小巷都是廣告歌，不聽都不行。

我這個人很愛唱歌，有歌必唱，唱吧唱個痛快！

我的年紀小，身體不太好……（賣藥歌，取自歌兒——媽媽叫我掃掃地，我會掃掃地……）

啦，啦，啦，口乾了啊，啦，啦，啦，啦，啦……（飲料歌，我唱的時候，很不明白為什麼口乾這麼高興？此廣告歌取自流行歌《就這樣愛上了你》）

你一瓶，我一瓶，美國蘋果西打（男女約會，碧潭划船、唱歌，口唱乾了再喝，喝了再唱，惡性循環，沒完沒了。春夏秋冬隨時隨地都在喝。此廣告歌亦為流行歌變造）！

沒關係，擦一擦，亮晶晶（洋歌中唱，Say yes, my boy, be my love, be my love…… 此歌用來賣鞋油。廣告中，舞會上一三八男生口袋中隨身攜帶那時算是新式的海綿液狀鞋油，被小女子踩了一腳，皮鞋髒了，不但不痛不氣，反而嘻皮笑臉，開口大唱鞋油歌。後來我上了大學，參加舞會，很想在舞池中找到這樣的三八男生，都找不到）！

以上都是六〇年代頗具代表性的廣告歌。無聊如我者，那時候走在路上或是等公車的時候，被電視洗腦洗得隨時隨地都在唱廣告歌。我樂此不疲，化枯等公車火冒三丈的怒氣為祥和。至於買不買歌中產品，那是另外一回事。記得有回期末考（已是七〇年代初，民國六十一年的事），我站在走廊上抱著書本臨時抱佛腳，忽然不知怎麼的，有一廣告歌飛進我的嘴裡，叫我不得不唱；不唱，好像會憋死，於是我小聲地唱起來，大聲唱，怕人說我三八。那天考的是「俳句」，有不少是要默寫的，同學們見我嘴巴蠕動作流利狀，都以為我倒背如流，背得滾瓜爛熟，進了考場，大家都搶著要坐在我旁邊，孰不知我外強中乾，只因為在唱廣告歌，叫人誤以為道行甚高。

喃喃自語，神經兮兮的唱廣告歌，有時真的可以壯聲色，叫人猜不透，叫人莫測高深，不知道你吃幾碗飯。

大學畢業後，七〇年代中期，人家帶著一肚子學問，我帶著一肚子廣告歌來了美國。那時候國內的廣告尚未起飛，還沒有今天這樣有Class。來了番邦，當時我「看」廣告的Background是停留在「仙桃牌通乳丸」的古椎草地郎水準。第二天老公上班，我初來乍到，事事好奇，先打開電視看看吧，一看不得了，兩眼發直，哇，米國郎的電視廣告真好看！

可是，現在在美國羈留比蘇武牧羊十九年還多年後，初來乍到的新鮮勁沒有了，倒是常常很懷念小時候及少年時代那種很土氣卻叫人日後思及很溫馨的廣告。就像現在我在燈下寫〈廣告與我〉，對我來說是種享受，在這寂靜的夜裡，不對，靜夜，但不寂寞，我的心裡、我的耳邊，還有眼前從小到大的廣告，像跑馬燈似的一一閃過，這個小屋子裡是鬧烘烘的，鬧烘烘不是吵，很奇怪，是——說不出的親切，因為腦中閃過的，已不是純粹的廣

告，而是一幕幕的童年往事及少年時期無憂無慮的歲月。忽然間，我現在好想看一個廣告，我帶著大鄉俚的心情，想看三十多年前的一個黑白片廣告，它簡單明瞭又好笑——

矮仔財是先生，大ㄎㄡ玲玲是太太，賣補腎丸的，內中沒什麼廣告詞，是一個汽球，汽球「ㄏㄨ——」地洩了氣，玲玲把矮仔財按在床上打一頓！

哈，哈，哈，黑夜裡我忍不住大笑，可是……一想到這兩位出色的喜劇演員都已去世，我心情一沈，變得很難過。唉，難過得寫不出一句話，放下筆，我要好好想想他們生前拍過的所有廣告，算是悼念，也是懷舊，我看廣告看得如此有情有義，也算是廣告「情緣」吧？

缸的念憶

水缸

對外表粗糙深褐色的水缸有說不出的好感。

到現在，因為對水缸有偏好，演變成專門收集「缸」型陶藝品的嗜好。書架上一排排的寶貝幾乎都是小號、縮小的水缸。

圓滾滾胖肚子，摸起來有些粗糙的「小水缸」，對我來說全是來自童年的記憶與感覺。

水缸圓圓鼓鼓的造型真的很可愛，可愛中帶著喜感。因為喜

歡水缸，連帶電視上Kool-Aid的廣告；一個裝著飲料笑口常開搖搖擺擺的胖肚子容器，每回見了它，都讓我覺得它是個會走路又會唱歌的水缸。

到現在，有時還孩子氣的帶著小孩的心思不知「老之將至」的幻想，是因為來自童年的「毛病」。

小時候是個忽動忽靜的小孩，靜的時候很喜歡坐在窗戶臺上天馬行空的幻想。

窗外葡萄架下的水缸，怎麼看怎麼覺得它像個戴帽子的人。水缸上的木頭蓋子就是它的大扁帽。

水缸也有點像放在金雞餅乾盒裡的聖誕卡片上的雪人呢，所不同的是……它是個咖啡色的雪人。

生長在亞熱帶從沒看過雪的小孩，深褐色圓圓胖胖的水缸就像是卡片上雪人的「親戚」。

「咖啡色的雪人」。也只有小孩的想像力可以「創造」出這樣的名詞。

水缸，廚房外牆角下的水缸，在童年裡頗能滿足我愛幻想的毛病。

水缸中的水對我來說不是靜止的，它是流動的；常讓我跟著它無止盡的神遊……

「阿里巴巴四十大盜」，就藏在像這樣的缸裡吧？

「寫完一缸水」，國語課本上新教的課文，王羲之要寫完一缸水？那……那要寫多少的大字和小字啊？正拿著毛筆在描紅的我，慶幸自己不曾發過這樣的誓。

「司馬光打破缸」，缸裡流出來的水不知道有沒有小魚和蝌蚪？望著胖肚子的水缸，我「遙想」的是「石破天驚」在歷史上留下一筆的「哐噹」一聲，流出來的水……是宋朝的水吧。

忽然間，眼前的水缸在膨脹，大的可以容納一個掉到缸裡正在大喊大叫的小孩，同時也大的容納下一個在葡萄架下寫功課的小孩突如其來的「奇想」。

成人眼裡看來並不大的水缸，裝不了幾桶水的水缸，曾是我廣闊的想像空間。

終年擺在葡萄架下粗拙古樸的深褐色水缸，在童年的畫頁裡也有彩色靈動的一頁——

在沒有冰箱的年代，後院酸梅樹和葡萄架下的水缸成了「冰缸」。媽媽從菜場買回來的水果，尤其是夏天盛產的西瓜和香瓜，洗乾淨後都放在水缸裡。放學回家打開水缸，天光雲影樹影和一缸翠綠橙黃的圓，配著我還沒脫下的小黃帽，深褐的水缸，缸裡橙黃的大圓小圓就像是會轉動的立體圖案畫。

飯後，最會想著方法逗小孩玩的爸爸，把弟妹和我一人一個

的小香瓜用刀子刻成一個個的小花籃，我們高興又稀奇的提著香瓜小花籃，寶貝的都捨不得吃。

最後商量好了一起吃，先吃花籃的提把，再吃花籃。三個小孩咬著脆脆的香瓜，高興的不時地還相視一笑。

現在，每到十月底的萬聖節，和女兒一起刻南瓜時，就會讓我想起小時候爸爸為我們刻香瓜小花籃的往事。

如今輪到我陪孩子玩，一如當年爸爸陪我們。

拿著刀子在南瓜上一刀一刀的刻劃，我深深的體會出天下父母看見兒女臉上笑容時是怎樣的欣慰與滿足。

過了三十多年後，如今，我和爸爸當年的心意相通。

擺放在童年裡的水缸，兒時天真的幻想以及溫馨的童年往事，在這寂靜的夜晚，彷彿從我的心中，從那熟悉的水缸中涓涓不斷的汩出。

醬缸

年前，收到行政院青輔會寄來的案頭月曆。

今年的月曆是以「工藝與現代生活」為主題的攝影比賽中得獎的作品彙編而成。一系列傳統工藝與現代生活相互交映的攝影作品穿插在十二個月份裡，幀幀作品讓我一看再看。因為，眼前一張張翻過的畫面是如今三、四十歲中年人童年裡所熟悉的。

其中，讓我看的最多，懷想也最多的是二月份一幀題名為「滿」的攝影作品。那是——

在老式農舍的牆角放著一個貼著「滿」字的陶甕，畫面上門檻的影子安安靜靜的躺在午後溶溶漾漾的陽光裡，光與影寧謐的氣氛，頗能牽引出懷舊的情緒。

眼前的陶甕不正是記憶中婆婆長年擺放在小屋牆角下醃漬醬

菜和甜麵醬的醬缸？

望啊望的，彷彿眼前這個醬缸上的「滿」字都是我貼上去的。

小時候，每到過年替婆婆擺在牆角下的醬缸貼上紅紙上寫的「滿」字，是我一年一度的大事。

「小心點貼，要把字兒貼的正正的，否則，來年會叫我一年的醬的味道都不正……」

婆婆最喜歡自己做醬。在婆婆自小生長的農業社會裡，醬的味道純正與否代表著當家主炊的媳婦能幹或是魯鈍。

因此，儘管年月變了，早已不作興自家釀製調味所需的醬和佐食的醬菜，對婆婆來說擦的光亮光亮的醬缸，自己親手做的醬和醬菜是慎重又慎重的傳統，是根深柢固愛物惜福克勤克儉的傳統。

小時候常常望著裹著小腳的婆婆，對並列在牆角下的醬缸寶愛得什麼似的大惑不解；見著婆婆常常搬著醬缸忙進忙出，一會兒放在太陽底下曬個個把時辰，一會兒又檢視每個醬缸是否有什麼隙縫，童稚的我覺得醬缸裡，婆婆一定藏了什麼寶貝。

算算日子該是開缸拆封的時候了，小心翼翼的打開缸口套紮的粗布和麻繩，婆婆瞇著眼睛聞一聞，隨後再用長棍子攪一攪，嗯，就是這個味兒，味道正。

婆婆笑了，心滿意足的笑了，在婆婆多皺的臉上展現的笑容，不用說，婆婆滿意極了。臉上發自內心恬然自得的光彩，跟荷鋤戴笠的老農秋收時的表情一樣。

多年後的今天，在燈下懷想婆婆的笑容以及婆婆生前的寶愛的醬缸，我遂知道婆婆的醬缸裡真的是藏了寶貝。

那是——

來自農村儉樸生活裡愛物惜福平淡快樂的意念，一種來自菜

根香的無欲與自得。

墨水缸

相信你我的童年裡都有一個忘不了的聲音，那是必恭必敬的站在學校老師辦公室的門口精神抖擻的大聲說：「報——告！」接著辦公室正在看報或是批改作業的老師說聲：「進來！」

對小學生來說這像是在辦一件大事。

「報告，進來！」是留在童年裡的聲音。

進老師們的辦公室著實叫人有點神氣，隱隱約約的有點沾沾自喜。

當小學生的時候，偶爾被老師派去辦公室抱本子或是拿地圖要不就是舀墨水，都會高興得老半天。

在沒有簽字筆，原子筆也不普遍的年代，老師改本子都用蘸水筆。因此，那時候的學校辦公室都有個墨水缸。

辦公室裡的墨水缸，那一大缸的紅墨水，每天每個教室的老師用它改作業。老師飛快的一勾一勾的劃過，有時會毫不留情叫人看了觸目驚心的來個大叉叉，後面附帶著斬釘截鐵的兩個大紅字——「訂正」！

國語，抄抄寫寫。算術，計算應用。

轉眼，老師桌上的紅墨水快用光。

「值日生，去辦公室舀墨水！」

辦公室裡的墨水缸，點點滴滴的紅墨水，在老師的筆尖流過，墨水缸就這麼眼看著一屆又一屆的學生成長、畢業、離校。

「青青校樹，灼灼庭花……」

畢業典禮上一群小女生，一群意識到驪歌過後即是告別童年的小女生，想到分別、想到以後不會再同班，窸窸窣窣地哭起來。

不知為什麼直到現在有時切菜煮飯的時候，突然，連自己都覺得出其不意地哼唱起小學的畢業歌「青青校樹，灼灼庭花，記取囊螢窗下……」唱到「灼灼庭花」讓我想的除了是禮堂外一大片一大片的鳳凰花外，就是那個胖肚子的墨水缸。憶念中它就像是小學時代一個親密的朋友。算算時間三十多年快四十年哪。

那一大缸的紅墨水，染紅記憶中的小學校園裡的鳳凰木。

鮮明且永不褪色。

「報告，進來！」

忽然，好想好想再當當小——學——生——

因為——

一生中只有當小學生時，才會有替老師倒個墨水，自己覺得自己是「小兵立大功」的可愛心情。

我的啟蒙師父

我的啟蒙師父是我的老爸。名副其實的「師」「父」。

據我的老爸說，當父母的對老大的寄望都很大。因此爸媽在還沒有生我之前就早早商議好，日後一個負責煮食，供給腦部的營養，一個負責啟蒙，啟發腦部的運作，那時爸媽都這麼想，假以時日第一個寶貝蛋可能會變成金蛋。在我覺得以現在的眼光來看，變金蛋根本不稀奇，變恐龍蛋比較值錢。好了，閒話少說，現在回到正題上，說到父母對第一個孩子的寄望，說穿了都有點「好現」，還有呢，就是傳統老中代代相傳寄望好不容易生出來

的第一個孩子要「身負重任」，身負光宗耀祖、光耀門楣的責任。所以一個家裡的第一個孩子最倒楣，才呱呱落地沒有幾兩肉的小肩膀上卻肩挑著老中傳統幾千年來一個家庭裡兩三代人的希望。

以我的記憶所及或是經驗來說，在我們那個年代，小學同學中除了叫火坤、水旺外，家裡稍微有學問點的都把他們取名叫光宗、耀祖或是慰祖什麼的，當然還有人乾脆就叫光耀，其實光耀就等於是「光耀門楣」，只是沒說出來而已。我在想假如一個人姓「余」，名光耀，字門楣，那不更好。

所以看父母替子女取名的心思就知道「天下烏鴉一般黑」。你們或許要說我了，寫文章的人還這麼用詞不當，要怎麼說呢，就說是天下父母心吧。

說到天下父母心，指天指地要好好栽培老大，依我看為的是圖「近利」，怎麼說呢，就是把老大該折騰的折騰，該受罪的受罪，

日後下面的弟妹就照著辦。所以老大就是父母的「實驗品」，是實驗農場或是實驗室；一會兒當植物，該修的修、該剪的剪，一會兒又當天竺鼠，看看什麼藥品有什麼反應。

因此老大的定義就是「我不入地獄，誰入地獄」。

身為老大的我，因而從小就有「危機意識」；儘管有時可以在家發發威風，管管下面的小兵，其實真實情況是外強中乾，什麼事都是身先士卒。

就拿剛出娘胎還沒過幾天好日子來說吧，忽然就先把老大抓在燈下開始認字。大、中、小、人、口、天……到現在我都記得在我很小的時候爸爸教我認字的情形，記憶中還有日式房屋裡黃暈的燈光。

真是殘民以逞。那時候我連幼稚園都還沒上。好像剛剛會拿筷子，就要強迫拿鉛筆。我現在在想，或許我的老爸那時在寫〈幼

兒肌肉操作筷子與鉛筆之比較〉的研究報告。

初粗認識幾個大字後，老爸又有花招了，開始教我做算術。不教還好，這可一下子就看出我日後的「性向」，除了會哇哇哭鬧外，就連簡易的加減法都不會，幾番實驗後，老爸宣佈失敗，倒是小我一歲的妹妹在旁邊玩的時候，隨便答答都對。這也是為什麼我的妹妹讀一年級的時候就幫我做二年級的算術。所謂「三歲看大」，真是一點不假，現在老妹做會計工作，而我到現在簡易加減法還是會算錯，就是用計算機，每次按出來的答案都不一樣。

算術不行，老爸在想：總要有一樣行的吧？老爸看我平常很喜歡畫娃娃，那就畫畫好了。

說到畫畫，要說點淵源與基因，其實我的老爸自己很愛畫畫，畫得一手好山水畫，這是因為我的祖父很會畫。大概老爸要

培養衣缽傳人吧，於是興致沖沖地教我「畫畫入門」（小孩子不懂國畫，不能說是「國畫入門」），其實小孩哪懂什麼入門不入門，根本是亂畫一通，再說老爸擅長的國畫，我連毛筆都不會拿。

回想起來，在我小時候，老爸也不過三十多歲，以我現在看來算是很「天真」，因為有一天忽然心血來潮要帶讀幼稚園大班的我去赤崁樓「寫生」。

我記得很清楚，老爸讓我拿著放紙筆的袋子和一塊板子坐在腳踏車的後座，妹妹坐在車前藤編的座椅裡，到了赤崁樓，老爸跨下車的時候，我忘了像平常一樣低頭，老爸也忘了提醒，就這麼一腳，說時遲那時快，來個彈腿功就把我給踢了下去！那是我童年記憶深刻很慘痛的事，叫我這麼老了還記得。當時紙筆散落一地，出門前媽媽幫我在辮子上繫的蝴蝶結也打散了，我被突如其來的武功踢得彈跳而起，硬碰硬地一屁股跌在水泥地上，那時我的反應就是放聲的死命大哭！而我的妹妹卻是好好的，就因為小我一歲，坐在「小孩」的藤椅裡，而我這個當老大的卻被踢！因為很痛，又加上披頭散髮搞得像個小要飯的，有路人問道：「怎麼搞得？」不問還好，愈是有人問，我就哭得愈大聲。這時老爸大概想到我除了不會做算術外還有一個性向，那就是好吃！於是老爸對我說：「不要哭了，我帶妳去買麵包！」

吃了一天，也玩了一天，畫也沒畫，就是要畫的話，大概都是畫吃的。回家的路上，我早已忘了疼痛，快到家門口的時候，辮子也被老爸胡亂地給編好，這時我生平第一次帶我去寫生的「師」「父」邊騎車邊對我說：「今天的事，回家不要告訴媽媽！」

也許就因為小時候的那次「意外受傷」，傷及了腦部，後來算術也就愈來愈不會做。老爸大概因為「內疚」，內疚完了也就「大徹大悟」，知道我不是做算術的料，也因而「看破紅塵」了。

後來倒是教我畫畫這方面沒放棄，我想多多少少是想到小時候我第一次接受「寫生啟蒙」時就嚐到老爸「下馬威」一事對我的虧欠，因此作為日後對大女兒的補償。

上了初中開始畫仕女，「師父」說「畫人難畫手」，畫不好就成了香蕉。我記得有次畫完仕女圖，該題些詩句，寫什麼好呢？國文課本上有「韶光易逝」，女人嘛，我改成「韶華易逝」，下面好像還要加幾個字，有了，加上「春去也」。老爸看了嘖嘖稱讚：「嗯，不錯，妳小小年紀才初一竟想出這樣的句子，而且跟畫中的人物很配。」

其實，天曉得，我是當時忽然想到李湄和張揚演的一部電影叫《春去也》。不過，現在回想起來，這幅仕女圖，畫中人物彎腰駝背憑欄沈思，小孩畫畫身材又不成比例，既沒胸部又沒三圍，水桶腰、香蕉手外加面部毫無表情有些浮腫的痴呆樣，「韶華易逝春去也」……，啊，我怎麼這麼會畫呢，怎麼筆下功夫這麼有神力？竟然能在三十多年前就能畫出三十多年後自己的寫照？而且栩栩如生。啊，我實在太天才了，太「名師出高徒」了！

初中聯考

假如讓我回想小時候最覺得了不起、最覺得被人簇擁的一天，莫過於初中聯考那一天了。

在那時，還沒聯考前，在紀念冊上已經有人這樣寫：「六年寒窗無人問，一舉成名天下知」末尾還加上「祝君金榜題名」，因為「君」適用於不管是男生或女生，於是班上一時間「君」來「君」去，蔚為風氣。可以這麼說，簽紀念冊是小學最文藝的一頁，簡直可以說是百家爭鳴，什麼樣的話、不知道從哪裡抄來的句子都有，我還記得我的紀念冊上有人給我這麼寫：「人死留名，虎死

留皮」，還有的是「人生自古誰無死，留取丹心照汗青」。當然啦，後面還是一樣地再加上一句「祝君金榜題名」。

我們很高興，簽來簽去，樂此不疲。

這是整天模擬考，考來考去，每晚惡補，補來補去，唯一的考前娛樂。

說到「金榜題名」，好像是那時候一個十二歲的小鬼生活的唯一目標。我們的級任老師每天都在黑板的左上角寫著距離聯考還有多少天，就像現在雪梨標示著奧運還有多少天，九七年以前中共斗大的阿拉伯數字標示著收回香港還有多少天一樣，看了叫人很當一回事，尤其那時候對要初中聯考的小學生來說，聯考一天天地迫近，好像意味著生死存亡，在此一舉。

有人說「吃腦補腦」，快要聯考的時候，幾乎班上有一半的人不是被阿嬤就是被老媽強制灌塞過燉豬腦，有人說我們這一代

的人都很「傻」，尤其是現在當了新新人類的老爹或老媽，常被子女覺得「遜」，有意無意都好像在笑我們，這可能是當年為了初中聯考，吃豬腦吃太多的緣故。

想想真虧，「豬腦」的後遺症，讓我們沒有個鬼靈精怪的青少年時期，否則我們也可以唱些像現在小孩一樣——歌裡每個字都認識，可是湊在一起就叫人不知道是在唱什麼的歌！

好了，怨嘆少說，回到初中聯考。說到初中聯考，不能不說聯考前夕，否則不能感受到當時的那份緊張及大人小孩間的迷信。

所謂「養兵千日，用在一時」，我想父母和級任老師大概比我們還緊張。假如不緊張的話，我們的老師不會在聯考前夕對我們說，叫我們都用「巴士墨水」，那時市面上的墨水有：派克墨水、地球墨水、銀行墨水……，為什麼單單要用「巴士墨水」呢？我們的老師說，巴士，巴士，就像英文的PASS，那你就會

PASS。千萬不要用「地球墨水」，地球是圓的，像個零分，那你就完蛋了！我們想想也對，因為蛋也是圓的。現在回想起來，聯考前那個晚上，我們這群小鬼大概每個人都在家灌巴士墨水，沒有的大概也吵著父母趕快去買，父母嘛，也多少會配合，經小鬼傳回的聖旨這麼一說，父母一定也很怕「功虧一簣」。

還有，考前不能洗頭，這是我們的迷信，因為一洗頭，什麼都忘了。至於應考前吃的早飯那更有忌諱，第一就是不能看到單獨的一個蛋。假如是一根油條，兩個蛋則可以，這意味著一百分。不吃油條換成燒餅也可以，反正不管是油條還是燒餅，看起來很像「1」，配上兩個蛋就很吉利。

總而言之，考前的忌諱、迷信特別多。吃了象徵一百分的早點，頭一個禮拜都不敢洗，有點臭，我坐在三輪車上，一路被老媽搧到考場，不知道是老媽覺得天氣熱心疼我，還是覺得味道不

好聞。考場在省女中，老媽對我說：「妳要好好考，以後就會是妳的學校。」接著又說要給弟妹做個好榜樣，當老大就是這點煩，不管什麼事都是要做好榜樣，小時候我常常想下輩子要當老么，要不就當獨生女、獨生子什麼的，因為這樣就不必做好榜樣。

到了考場，看到我們的老師，老師旁邊圍了一群班上的人，老師提問題，大家異口同聲地回答，聲勢很嚇人，就像戰爭片中，日本神風隊自殺機要出征的鏡頭，頭上綁著「必勝」，其實是「必死」的那種壯烈。我們的老師神情很緊張，衣著也很「苦心」，這就像我後來學到的一句成語「苦心孤詣」；老師那天穿的是一身藍，藍就代表及格，紅，大概老師為了我們要聯考看都不敢看。

回想起來，我的小學老師真的滿可愛，說來是老師很年輕又剛師範畢業不久。

要進考場了，我們老師又神經兮兮地叫大家對錶，這時每個

人的手腕上都戴著不相稱的男用錶、女用錶，這是我生平第一次戴手錶，一下子覺得很神氣又很像大人。

臨進考場，我的老師又把我拉到一旁，對我耳提面命：「妳要好好考，國語是妳的拿手，妳就靠國語拉分數了。」

我知道我的算術不好，老師一點也不寄望我在算術上會有什麼好斬獲。國語考卷發下來，作文題目是〈游泳〉，我根本不會游泳，但也極盡天花亂墜之能事，我到現在都記得，我寫得很像爸媽帶我看過的美國片《出水芙蓉》。真是身上的「蓋」細胞或是「掰」細胞在那個時候就有。

考完國語考算術。算術不好，但已成了機械反應；平時模擬考已訓練成了看見題目就作答的反應，根本很少經過大腦、小腦或是什麼腦，考得嘛，好像還可以。

考完算術，如釋重擔，下午只剩下一科考常識。這時爸媽帶

著弟弟妹妹來了，我有點踐，出了考場馬上遞過來的是瓶裡有彈珠的汽水，弟弟說他也口乾，但是沒人理他。我咕咚咕咚地喝汽水，邊喝汽水旁邊還有邊幫我擦汗的、搧風的、替我抹薄荷油的都像是在拍馬屁的樣子，我很喜歡，很喜歡這樣被人服侍，當時我就興起一個念頭，假如每天都是聯考也不錯。望著弟妹對我「景仰」的眼神，我就覺得自己很像個人物，而且已長大，不再像他們一樣是個小孩子，這感覺飄飄忽忽的，就像現在有首臺語流行歌的歌詞一樣「走路都有風」。

很奇怪，至於往後每個階段的考試，對我來說就沒有像初中聯考時那樣的心情與感覺了，說來人生的第一場陣仗，真的很叫我難忘呢。

從臺南到馬里蘭

我跟茱莉認識，是在我剛上初中的時候，也就是初中開學的那年九月，何以我會如此清楚地記得這場「來龍去脈」？這是有原因的，因為那時我剛從小學惡補的苦海掙扎上岸，是臺南市立女中初一的新生。當了「中學生」，這對一個剛從小學六年級煎熬過來的十二歲孩子來說，除了意味到已經長大的得意外，面對新階段，才開學不久的輕鬆課業，簡直樂得像是置身人間天堂！因此我像南北戰爭後，剛被解放的黑奴一樣，一下子失去「主子」，身上的發條，再也不必被人扭緊，這突如其來的自由，叫我燒得有

點無所事事，而不知如何自處？於是，每天放了學，我就無聊地在家附近的臺南體育場閒蕩，在那個沒有電視、沒有「任天堂」，如今小孩嘴裡所說的「古代」的年代，「到外面玩」，大概就是課後唯一的娛樂了。

在回憶的畫面即將打開前，讓我先介紹一下當時臺南南門路、健康路一帶的情形：遠在五〇年代六〇年代之交，臺南那時駐有不少美軍，就拿我經常「出沒」的臺南體育場一帶來說，就是美軍及眷屬的大本營。體育場靠近南門路水交社的一頭是美軍俱樂部，靠近健康路的這一邊就是美國學校，在這兩條街上的洋房裡呢，就住有不少美軍的「散兵游勇」——美軍眷屬。因為周遭的地理環境使然，經常看到在大街小巷進進出出，如鄰居小芳爺爺所說「眼睛長得像死魚眼」的「米國郎」，米國郎死魚眼，看多了，自然也就見怪不怪。

一天放學，我又跑到體育場，一個人坐在司令臺的臺階上發呆。這時，一個跟我長得差不多高的美國女孩走來，至今印象深刻的是，她的一頭黃毛在陽光下閃閃發光，臉上的雀斑是密密麻麻。見她走上司令臺，我裝作毫不在乎的樣子，其實我正在用眼角偷偷地看她。沒想到當我偷瞄她的同時，她也正在瞄我！我們兩個就像不同星球的外星人，正在發出彼此探詢的訊號……

「嗨！」小洋鬼的一聲「嗨」，把我叫得十分緊張，儘管在小學參加過演講比賽，這時整個人變得是臨陣大亂，既緊張又害怕，接著這個長得一臉雀斑的美國人，就對我嘰哩呱啦地說上一大堆，情急之下，我束手無策，不知道該說些什麼樣的「美國話」才好？我想了又想，我那時單純得還沒有在人世間學會拐彎的腦筋，想起了當天英文老師剛教的第一句完整的英文句子——是我這輩子都忘不了的第一句「番話」，那是第一冊遠東英語課本上的第一句：This is a book. 我傻傻得漲紅了臉，說出了現學現賣的生平第一句英語，緊張又生硬講出的英語，自己聽起來竟有點像是中國話：「你死一死，啊，不可！」

真該看看當時這個跟我面對面的美國查某臉上的表情，可惜初試啼聲，緊張過度，忘了看對方的臉。假如穿越時光隧道的望遠鏡，能從三十多年前拉到現在，鏡頭裡後來我叫她「豬力」的小美國人，一定是一頭霧水、一臉錯愕，頓時愕然的莫名其妙表情，而我呢，則是一個長辮子剛被剪短，意識到自此告別童年，梳著中分、齊耳，露出髮根的初一新生。

跟茱莉建交，就是從一句雞同鴨講的 This is a book. 開始。後來知道茱莉就住在我家附近，由於住得近，經常會不約而同地在外面碰面。為了能和茱莉交談，初中英文課成了我最感興趣，上課也最專心的一門功課，到現在闖蕩江湖用的英語，幾乎都靠那個時候打下的基礎。說到學習外國語言，一般人最容易學會的，往往分兩個極端：不是「我愛你」，就是「我罵你」，茱莉當然也不例外，後來茱莉從下女和包月的三輪車伕那裡學來一口溜嘴的臺灣話，尤其是罵人的話，如：三八、夭壽、肖查某……（其他的只能意會，不能言傳），說得字正腔圓，幾可亂真。茱莉最愛罵的，就是三八！

初中過後，家搬到高雄。搬家前，雖然心中有些依依不捨，但一想到茱莉告訴我，年底要跟父母回美國夏威夷，也就了無遺憾；反正以後茱莉也不在臺南了……，還記得臨行前，兩個少不更事，十五、六歲，自認已是大人的我們，相約以後要寫信，現在回想起來，倒是有些天真得叫人心酸，因為我們根本茫茫不知未來的新址？……

就如同電影中換景的畫面一樣——小河淌水，時光匆匆流逝，轉眼就打上了「十年後」的字幕……，在我婚後來美，路經夏威夷的時候，俯瞰機窗下羅列的島嶼，十年前遙遠的記憶就在這一刻又都湧上心頭；茱莉，茱莉，妳是不是就住在其中的一個島嶼上？還記得我嗎？在臺南體育場、竹溪寺，還有金湯橋下的玩伴？

往後的十幾年間，在美國大江南北搬了不少次家，萍水相逢，結識了不少美國朋友，對長著一臉雀斑、一頭鬈毛、金髮的美國女友，總有說不出的好感；我知道在我心中，一直懷念，也幾近不可能的希望能再見到老友茱莉。

若說是像電影中的情節，倒也有幾分相似——

在我來美國十五年後，這時孩子都長大了，我開始在馬里蘭住家附近的圖書館兒童部門工作，因為一向喜歡兒童讀物裡單純可愛的文字圖畫世界，在這個部門工作，讓我覺得十分愉快。一天，接到一個小學老師 Mrs. Sklonik 的電話，電話中向我查詢一批新到的兒童讀物，待放學後來借取。

看到這裡，相信大家一定猜到這位 Mrs. Sklonik 是誰了？真是做夢都沒有想到有朝一日，當我面對一個中年發福、臉上堆滿笑容的美國婦女，就是我記憶深處一直懷想、一直讓我踏破鐵鞋無覓處的老友茱莉！

各位一定奇怪，當年分別時的兩個毛孩子，相隔了N年後，仍能從對方的顏容上認出彼此？這到底是用哪一種品牌的化妝保養品？各位有所不知，即使駐顏再是有術，日子平凡如你我的過了N年後，就是早晚蘆薈汁、胎盤素液，外加除皺霜、護眼油，也難敵無情歲月的輾碾，這時兩個中年發福的癡肥婦人見面，已是「相見不相識」。

再說，來了美國，冠上夫姓，用上洋名，上班時胸前掛著 Sandy Chu 的名牌，在美國「名」換「姓」移，根本是個隱姓埋名之人。

「Mrs. Chu，妳說妳是從臺灣來的？太好了，我小時候曾經住過臺灣，因為父親是軍人的緣故。我在臺中、臺南都住過。『你好嗎』、『謝謝』、『再見』、『頂好』……我現在還記得小時候學的中國話呢。」

雖然我在臺南只住到初中畢業，每逢聽人說起臺南，我的心就會不由得想起鳳凰樹下的童年，這種溫馨的感覺，不是其他任何一個城市所能取代的。

「妳知不知道臺南的美國學校？一九六〇年代初我就在那讀書，那時美國學校幾乎都是像我一樣，是駐臺美軍子弟。」

美國學校？乍聽之下，我心中忽然一緊，情緒變得有些興奮，連忙向這位老師說：「啊！我家就住在那附近——」

話匣子打開了，我們開始喜形於色地悄悄講起（有礙於是在圖書館）臺南，說著說著，就眉飛色舞回憶起六〇年代時的臺南種種……

最後這個 Mrs. Sklonik 對我說：「今天實在太好了，我竟然碰到了有人跟我一樣，小時候都住過臺南……妳讓我想起了小時候的一個鄰居，她的名字，我幾乎忘了，可是這些年來，電視新聞倒常常提醒我，她的名字像是鄧小平？……哦，不對，是小——平——」

一聽到這，當時我整個人就像是觸了電一般，心跳激盪，連聲音也走了調，抓著眼前這位前來借書的老師的肥胖手臂，像《射雕英雄傳》裡的梅超風一樣，情緒激動得連帶勁道也不小，五個手印就印在老友的手臂上！聲音顫抖地問道：「妳——妳是不是茉莉？我——我就是小平啊！」

大家可想而知，當時的鏡頭，就像……就像兩個一下子受到刺激，發了瘋的女人一樣！我和茉莉興奮得又叫又喊，老友重逢，摟抱在一起的時候，所謂「他鄉遇故知」，在那重逢的一刻，我才真正體會出箇中的興奮與辛酸。

事後我和茱莉常想，能這麼戲劇化的重逢，真是勝過電影 Beaches 的情節。當我們一起去看這部電影，從電影院走出來的時候，意猶未盡地買了個冰淇淋，邊走邊聊，茱莉忽然像小孩一樣頑皮地對我說：「我看這是不可能的，電影中兩個在大西洋城邂逅的小女孩，會十幾年來一直寫信給對方？我看就是男女寫『情書』，也會寫著寫著，就不了了之，各自男婚女嫁！哈哈，只有我們兩個，風箏斷了線，過了這麼多年音訊全無，而又如此『鬼使神差』地重逢，才讓人感動，又覺得傳奇，妳說是不是？」

我望著茱莉，望著茱莉臉上依稀可見的少年時代留下的雀斑，想起了第一次見到她的那個黃昏天。忽然心生一念，很想把我們的故事寫出來，茱莉聽了哈哈大笑，冒出了今生她致力推行的美

國「外來語」——"Samba"! Samba? 喔——「三八」！哈，一句屬於茱莉「小時候」的「童言童語」，又再度電光石火般地重現，兒時情景，一下子又再度歷歷重現眼前——我彷彿看見了在那遙遠時空裡的臺南體育場，一個留著掃把頭的中國女孩，正漲紅著臉，對一頭鬈毛的美國女孩一本正經地說道：「你死一死，啊，不可！」

談到往事，我們一陣大笑。引得路人頻頻側目，頻頻側目看著我們手上不知放了什麼「藥」的冰淇淋？這種感覺真好，我想這也是為什麼人到了七老八十，喜歡參加小學同學會的緣故；因為只有跟老友在一起的時候，可以徹徹底底地忘掉煩惱，可以淋漓痛快地返老還童！

現在我跟茱莉兩人有個共同的心願，那就是希望減肥成功後，一起回臺南，去臺南健康路旁的體育場回顧我們共有的少年時光

（這也是我們為什麼要立志減肥的原因，為的是怕體育場不認得我們），不知臺南體育場歷經三十多年後，是否依舊？司令臺是不是仍被保存得很完整？就像我和茱莉的友情一樣。

椰子的聯想

在超級市場意外地看到整排整排新鮮的椰子，所謂新鮮就是青皮敲起來ㄅㄤㄅㄤ響的，這景觀在美東是很罕見的，通常看到的（還不多，不是每家超市都有）都是剝了皮像裹著棕櫚的怪模樣，就因為這樣，兩個女兒小的時候畫的椰子都是咖啡色的。我很不喜歡面目全非的椰子，警匪槍戰片看多了，總叫我覺得像是顆顆的土製炸彈，連一點原本屬於它的熱帶風情都蕩然無存。

今天忽然看到這麼多像剛摘下來的椰子，它們是從哪兒來的呢？可能是超級市場的老闆剛從牙買加或是巴哈馬回來吧？一時

北美佬看到比比皆是的新鮮椰子覺得很稀奇，成箱成箱的買回來送給老婆當禮物，誰知好心被雷打，被老婆大罵二百五！不得已又沒辦法只好擺到店裡來「實物教學」，給沒去過牙買加和巴哈馬的人，也就是像我女兒一樣的幼稚土包子看。否則，我真不知道該怎麼解釋？

不管怎樣，一大早能看到這麼多綠椰子，叫我不由得喜出望外，忍不住像小孩似地用二指神功ㄅㄤㄅㄤㄅㄤ地敲了起來，我忘了店裡的警衛人員可能正關在小房間裡盯著螢光幕上嘀咕：怎麼來了一個神經病？說來也奇怪，這麼一路敲下去，敲得我心怦怦跳，這種感覺很奇妙，奇妙又帶著興奮，簡直……簡直就像老友久別乍逢！因為心情太好，敲完我又很溫柔地一個個摸一摸，兩眼盯著螢光幕的人，大概覺得我病得真不輕。眼前椰子堅硬光滑的外殼在日光燈下顯得格外亮綠，就像電影《尼羅河寶石》裡

的綠寶石。一時間，我只覺得自己不是在買菜，而是戴著非洲打獵帽的考古學家，我看到的、摸到的是童年的「出土文物」！

是的，童年跟椰子是有關聯的。當小孩就像爸爸常說的一句話：「小孩的世界就是一個吃一個玩。」小時候，在臺南的中正路有兩個地方是我的最愛：一是「芳園冰菓室」、一是同在一條街上隔了幾家店專賣冬瓜茶的「進來涼」。當時在這兩家店的櫃臺上不約而同地都放著一個發了芽冒著綠葉子的椰子作擺飾。那時候正在推行「克難運動」，樂隊裡都拿著算盤、搓板在演奏，大概發芽的椰子也是「克難盆景」吧？我很喜歡，每次路過或走進店裡我就很高興；就像如今的小孩看到麥當勞的M標記一樣。那時候冰菓室好像都很流行在牆上畫壁畫，畫的幾乎都是椰樹、帆影和情侶打把傘，土土的，但是大家都覺得很藝術。壁畫看多了，有了移情作用，我變得很喜歡椰子樹，覺得那是閒逸享受不做功課的象徵。在美術課上只要一碰到「自由畫」，我畫的就是彎彎的椰子樹結椰子，好像這麼一來口角馬上生津。如今回想起來，在那沒有冷氣的年代，冰菓室特有的涼空氣以及像《北非諜影》吊扇搧出來的涼風都越過那久遠的時空向我輕輕地襲來，這舒服的感覺，我知道就叫溫馨。

溫馨之外，還有歌聲，那是在世界戲院看李麗華和嚴俊演的《娘惹與峇峇》，電影的主題曲中有一句「……跟著樹上的猴子學做猴……」，當然，樹就是椰子樹，南洋風情椰影婆娑，看得小孩覺得像是世外桃源，好像從銀幕上就可以感受到有一陣風。

上了五年級流行《綠島小夜曲》，小孩不是一天到晚唱《哥哥爸爸真偉大》的，也很喜歡唱流行歌，唱呀唱呀，有人說那是匪諜關在綠島作的，匪諜長得什麼樣？小孩很懵懂，覺得該是手腿都長毛的匪幹樣。記得那時每逢要考試的前夕，高年級的小孩

大概比較有「資訊」（那時還沒有這個名詞），學校總有人繪影繪聲地說：明天就要反攻大陸！搞得大家都很樂，事後（試後）排著隊被老師打。

童年的分水嶺是在初中聯考過後，轉眼上了中學，再唱「椰子樹的長影，掩不住我的情意，明媚的月光，照亮了我的心……」能慢慢體會出那一份繾綣。現學現賣的唱到「椰子樹的長影」，還會想到月下吟詩的「三影詩人」。

接著跑到屏東去讀書，初抵大武山麓的那一天，被路旁排排佇立的椰子樹給震懾住，後來知道它的學名是「大王椰子」，我喜歡，我喜歡這個名字的氣派，還有它們的陣勢，跟年輕意氣風發的心很配。

人生的場景就像電影一樣不停地更換，曾幾何時我變成了推著購物車在地球的另一端買菜的歐巴桑，沒想到見著了成堆的椰子，一時往日情懷全都堆上心頭。

回到現實，我馬上想到的是，要買包椰子粉，回去烤個派！還有……它的卡洛里高不高？啊，別嫌重，抱個椰子回家吧，如法炮製看能不能叫它抽出幾片南國之葉，我好跟它照張相。如果能找出小時候坐在客廳，茶几上擺放著「椰子樹」的兒時照那更好，景物依舊，只是朱顏改（老公姓朱）。不是時下所謂的美容前、美容後，該說是毀容前、毀容後比較貼切。

好像我的「昨日．今日」都跟椰子有關。那……明日的我呢？告訴你，我要落葉歸根回到我的原起點。「我要再回到我的故鄉，回到我許久不見的老地方……」，只是……年紀大了，颱風過境我千萬別在椰子樹下緬懷往事，萬一命中率就那麼巧，活生生地被砸到，「哎喲！」一聲，那就老命嗚呼了。

萬萬沒想到，我站在市場的一角，望著椰子竟想出了一篇段

落、場景分明，「昨日・今日・明日」都有交代的文章，我這麼會掰，連我自己都很佩服我自己。

奇想一籮筐

我是個常有奇想的人，這個毛病從小就有，舉個例子來說吧，當我讀小學的時候，第一次在音樂課上聽到《藍色多瑙河》的時候，儘管老師講得逸興遄飛——要說的是，我們的音樂老師是剛剛從師範學校音樂科畢業的，就因為剛畢業還沒學會老油條，上課的時候才會卯足勁地對牛彈琴——說什麼作曲的是誰哪，是哪一國人哪，接著又說藍色多瑙河的景色有多美，老師說讓我們閉上眼睛想像河面上有優雅的天鵝輕輕地游過，「小朋友，這是多麼美麗的畫面啊！」聽著聽著，老師的解說，加上身邊響起《藍

色多瑙河》的旋律，那種有魔術的旋律，這時對我好像起了不知道是化學作用還是什麼作用，總之，就是靈魂出竅了，我，忽然也想到了一條河，一條跟「藍色多瑙河」很配的河，你們猜我想到了什麼？我想到了一條「白色多奶河」！小學生是不懂什麼押韻，什麼對仗的，但我卻想出了這麼一條對襯的河，實在滿天才的。我這個人小時候到現在都好像沒什麼變，我指的是「毛病」而不是容貌，我的毛病是只要我一開始「想」就不能停，也就是說一頭栽進去不克自拔，非要被人啪啪打兩下才會回神過來（電影上對付這種驢蛋，都是要打耳光的，而且不止兩下，要噼哩啪啦一陣亂打才行），可是日常生活中好像也沒人會這麼做，所以我奇想的後續往往很長。話說我在音樂課上想到了「白色多奶河」，我的腦海裡馬上出現了卡通畫面；生活在白色多奶河邊是多麼快樂又方便啊，在河邊玩累了就去喝口奶，在河上划船釣魚

那更好，口渴了掬一口奶水就好，至於老師說的天鵝嘛，身上的羽毛都成了保護色……我愈想愈樂，不知不覺就抿嘴笑了起來，這一笑非同小可，把滿腔抱負，矢志要用音樂來美化人生的老師看得兩眼發亮，「集英才而教之一樂也」，全班都被名曲催眠地沒什麼反應，英才集不了，有一個也不錯，眼前望去只有我一個人面帶微笑作陶醉狀，這表情太讓音樂老師感動了，說感動不如說感激，音樂老師太感激我了，感激我這麼有反應。下了課，音樂老師馬上去告訴我的老母，對我的老母說：「妳的女兒很有慧根。」老母聽了同事這麼對她說，也覺得滿有面子的，就順口應道：「是啊，她滿早熟的。」等到吃晚飯的時候，老母又把老師對她說的話，對老爸說一遍，結論是沒想到小平很喜歡古典音樂，據他們音樂老師說陶醉得還邊聽邊微笑呢。

真是天曉得。假如我不寫這篇文章，我的老母到現在都不曉

得我小時候在音樂課上曾幻想過一條奇河，一條跟「藍色多瑙河」很諧音的，白色又多奶的河。

上了初中，因為奇想，還換來慘痛的代價，好端端地——雖有奇想，但素行良好，卻被管理組長揪了出來，為什麼呢？服裝不整。我莫名其妙，望著旁邊跟我站在一起混太妹的人，我實在太乖了，我每天穿戴整齊，裙子是「百景裙」（那時候學生穿的百折裙叫百景裙，黑黑的，也不知有什麼景），襯衫是白刷刷，頭髮呢，梳得跟毛澤東差不多，自問自覺這個造型在當時是好學生的打扮，為什麼會服裝不整呢？

「妳，」管理組長的小眼睛從上到下看了看我，「從頭到腳，就是腳不合格！我問妳，妳穿的是什麼顏色的鞋？冬季制服是要黑皮鞋，妳穿的是黑不黑白不白，是灰色的！不擦油也就算了，為什麼皮鞋的皮跟人家不一樣？毛毛的？」（要說的是，那時還

沒有翻毛皮)。

完了!我知道為什麼了!管理組長太不瞭解我了!

我是想……把黑皮鞋(圓頭，中間有根帶子，當時學生非穿不可的驢鞋)不擦油不管它的把它給磨白，這樣到了下學期換季的時候，我不就有了一雙現成的「白」皮鞋了嘛?

我為此曾沾沾自喜，沒想到人算不如天算，好夢最易醒，鞋子被我搞得不黑不白還起毛，為什麼呢?因為我求「白」心切，每天沒事就脫了鞋子往水泥地上來回磨，結果皮鞋的皮磨得跟別人完全不一樣，白皮鞋沒穿成，倒是被記個跟太妹一樣的「衣裝不整，標新立異」的警告。

現在想想，都有點「天才總是被打壓」，本來可以申請專利的發明，卻被人看來像是發神經的奇想。

我自此收斂點了嗎?也沒有。以後還捅出更大的摟子，這要鼓足勇氣才能抖出來。

有人說一個人的智慧跟年齡成正比，也就是說，書不是白讀的，閱歷不是白增長的，可是對我來說，好像不是那麼一回事；照理說一路聯考一路讀書讀下來，心智總該沈穩點，睿智些，而我，大概太「睿智」了，睿智得就會常常走火入魔。

已經不是異想天開的初中生了，換了髮型，留著不是匪幹頭，看似也人模人樣的，可是一旦碰到突發狀況，我身上的細胞和身上不知道是什麼的基因，就會讓我本性難移地故態萌發。

「咦！奇怪？」我進門的時候，發現了異樣。

為什麼整棟公寓，單單就我家信箱上用粉筆畫個×？這意味著什麼？雖然黃昏向晚，我一眼就瞟到了這不尋常的記號，「金牛座」的人都是很明察秋毫的，當然我也不例外。為了身家的安全，我還是去看看整個巷子吧，咦，真的滿邪門的，零零星星的

有些×，但就屬我家的特別大，重重的兩筆，一副洩恨的樣子！啊，「阿里巴巴四十大盜」！「阿里巴巴四十大盜」就是這樣做記號的！還有……那時報紙上一天到晚登的八德鄉滅門血案！啊，完了！好在被我發現，我的腦海裡立刻出現了很多恐怖的事，包括躺在血泊中，要不就是好不容易掙扎（通常是爬的）到電話機前，在搆到電話機前一秒鐘斷氣，ㄆㄧㄣㄌㄧㄣㄆㄤㄌㄤ一陣碰撞，人被電話線扯得又雪上加霜地臨死被敲一記！哇，太慘絕人寰了！我站在門口不知不覺想了一大堆「臨終」的各種假設，忽然，我清醒了，我要把握時間，我飛也似地跑上樓，家中空蕩蕩的沒一個人，一群倦鳥尚未知返，還不知大難臨頭呢，我想都沒想拿了記事黑板下的粉筆就衝了出去！你「道高一尺」，我「魔高一丈」，嘿嘿，看你怎麼找到我家？我把全巷子的信箱都畫個×！我得意極了，我是「阿里巴巴四十大盜」裡機智的女僕，我真慶幸我的記憶力這麼好，而且小時候看過的故事書還能活用，我太智勇雙全、舉一反三了。

過沒多久，「仇家」真的來了，而且來勢洶洶，重重的踢門聲嚇死人，邊踢邊夾雜著粗聲吼叫恨得牙癢的國罵，諸如他的母親，姓王的叫八蛋，動詞名詞一大堆。

我豎著耳朵，屋子不敢開燈，敵明我暗。

「△○×□※！哪個王××把老子送晚報的記號給搞得一塌糊塗!?」

我抱著棉被，大氣不敢喘，連屁都不敢放一個。好了，進入社會，自己當了老師，該好了一點吧，為人師表，舉止端莊喲。

好像也不盡然。

話說每天坐校車都要經過基隆路，每天都要經過國父紀念館，

看呀看呀，我就想到了一件事，跟我年齡相仿坐在我旁邊的同事，每天見我望著國父紀念館兩眼出神，似乎十分神往又好像十分景仰，但仔細想想，我又不太像是「忠黨愛國」的料，忍不住心中的好奇，有一天她憋不住開口問我了：「欸，妳到底每天看國父紀念館都在想什麼啊？」我微笑不語，不足與外人道也。「不要這樣神秘嘛，想到情人哦，想到以前在這裡約會，我知道了，往事只能回味，怪不得看得那麼出神。」我又笑了笑，閃念之間我覺得好像不該這麼神秘吊人胃口。「好，我告訴妳，但妳不要告訴人家，尤其是學生。」我的聲音愈來愈小，「妳知道嗎？我是在想……假如有一天從國父紀念館的屋頂像滑梯一樣滑下來該有多爽！」我的同事聽了，當場給我一記當頭棒喝，到現在我都忘不了，亂言簡意賅的，她說：「我看，妳有病！」

這款的值日生

我一直不相信，外表看起來不惹事的學生，內心從來不會想做些不按牌理出牌的事。所謂不按牌理出牌，自然就是違反校規的事。我為什麼這麼篤定又這麼清楚，因為我就是個活生生的例子。這道理就像我們常說的「不叫的狗會咬人」，看起來（應該說是乍看起來）還算聽話的學生，一旦「短路」或是「秀斗」起來，那可真是不鳴則已，一鳴驚人。

又到我當值日生了，當值日生最討厭，簡直像ㄚ鬟訓練班。例行「勞役」沒一樣少，擦黑板、打板擦、抬便當、提熱水

(「古早」時沒有飲水機)、還要掃廁所，吃喝拉撒兼顧，這且不說，到了放學前的大掃除，值日生還要負責灑水。因為每天按座號輪流，不當值日生的時候，大家都頤指氣使，過過當主子的癮。

「值日生擦黑板！」「值日生抬便當！」值日生這，值日生那，我暗自觀察，看是哪些雞婆在叫，然後……妳給我記住！

「值日生灑水！」

一天下來，最後被人發號施令該就是這句話了，值日生是兩人一組，我的拍檔大概太愛掃廁所，太愛聞異香了，已經忙不迭地到廁所去報到了。

那麼我來灑水好了，灑水小事，隨便灑灑，應個卯就好。

大概我也太愛掃廁所了，一心想著就是趕快去那裡。在我們女中提水要走好長一段路，平常不覺得，現在因為心裡有事，愈發覺得路長難走又費時。拎著水桶走了一半，忽然，我轉回了身，

我現在回想當時的我，一定是兩眼露出自認是慧黠的目光——平時上課時大概是死魚眼，當老師的好像都喜歡學生是死魚眼——這一轉身其實也是一轉念，在我的腦中閃出了一句文言文，要說的是，我初中時國文是不錯的，還小有文才，但不是馬文才，那時候《梁山伯與祝英台》瘋狂賣座，紈袴子弟馬文才人人知曉。因為國文不錯，為了有別於小學時代，上了中學腦子裡全都是神經兮兮文言文，我對自己說：捨近求遠，不亦蠢乎？

說也奇怪，平常很怕死的我，一時之間根本忘了校規，打起了教室門前一彎水池的念頭，所謂的一彎水池其實是很多彎，呈S形，一路蜿蜒把兩排教室分隔，就像章回小說中常有家僕夜間不慎落水溺斃的那種烏龍庭園設計。總之，我「一反常態」，大概是腦中缺氧還是什麼的，我拎著水桶往教室門前的水池走，愈走愈興奮，我是「影迷」，那時候還有一部洋片《賓漢》也很賣

座，我喜歡女奴的裝束還有敢愛敢恨的個性，啊，我要就著夕陽餘暉來幅「女奴汲水圖」！

說來人的意念一旦強烈起來，是可以讓人「脫胎換骨」的。平常我在體育課上是笨手笨腳，在我的記憶中就那麼一次身手敏捷且富有彈性，真的像吃錯了藥一樣，我拎著水桶一躍而上定點著地，而且竟沒人看到我，可見多麼地天人合一啊，我樂不可支。忽然我有種解脫，有種野趣，還有種不足與外人道也偷雞摸狗「犯法」的樂趣！

太高興了，有道是「樂極生悲」，不知是頭大還是屁股太小不夠穩，蹲在池邊臺上彎身舀水，一個重心不穩，前一秒鐘還在笑，後一秒鐘大叫媽！媽呀——一聲連人帶桶倒栽蔥似地給栽到水池裡！

什麼叫「石破天驚」，我就是在那一刻深深地體會到。待我

不知道用什麼求生的本能，從倒栽蔥站正了起來，哇！池邊圍的全是人！想找個地縫鑽進去，可是整個人又站在水裡，我想我是開始哭了（又恢復了怕死的個性），露出一個頭在水裡哭，頭上有泥巴，泥巴上有水草，還有臉上稀里嘩啦的分不出是水還是淚！

驚魂稍定，我一路撥著布袋蓮爬上水池，或許有人拉我一把，我不知道「恩人」是誰，也不管是誰，十四歲的我，只有一個念頭——我要去找我媽媽！

是落荒而逃，掃除時間本來就是兵荒馬亂，收拾了我的細軟，拎著便當盒，一下子神智恢復，想到了那時候爸媽常對我們小孩說的一句話：「有什麼事坐三輪車回來，說大人會付錢。」校門口就是一排三輪車，上了車被拉到隔街，隔街的學校媽媽在那教書，媽媽那邊也是掃除，見了我，嚇了一跳！

「怎麼搞得——？怎麼弄成這個……樣子——？」顯然地媽媽是把「鬼」字嚥了下去。

我真是三分不像人，七分倒像鬼。

十四歲自認是老大，而且本來就是老大，平常天兇得很，這時脆弱得很，像所有的小孩一樣，此時此刻不能被大人「關懷」的詢問，不問還好，一問更傷心，傷心更是淚如雨下，本來該是號啕大哭，自覺上了中學，不能如此潑皮，所以改成嚶嚶啜泣。「知女莫若母」，老媽怕我哭個沒完沒了，在人前亂沒面子，請同事代為照顧一下學生，行色倉皇，也像是落荒而逃一樣，馬上帶我回家，回家清洗這身泥臭。

出了校門，三輪車在等。當我說明自己臨危不亂記取幼時「庭訓」，跳上三輪車來投奔老媽，老媽聽了又氣又好笑——

「虧妳還記住這句話——!?」

回想少年往事，我得感謝我的父母，他們不像老派父母一樣小孩闖禍不由分說地就是劈頭打罵一場，很難得的他們耐著性子聽我說，然後跟我一起面對我所闖的「禍事」。現在我自己也當了父母，我知道當年他們一定啼笑皆非，怎麼好好的，忽然少了一根筋？

接下來，學校可不是那麼輕易放過我了，風聲傳出來，要記過！查查我的紀錄，不是太妹，一向素行良好，據管理組長說就是有點「異想天開」，一心想把黑皮鞋磨成白皮鞋，搞得服裝不整，被記警告。記過，茲事體大，這時級任老師和教過我的國文老師都站出來了，站出來力保我這名一時短路的徒弟。數學老師大概很高興，我的數學不是普通的破，常讓數學老師要吐血，假如開除那更好，從此除掉眼中釘。

話說國文老師，個個都有文人習性，也就是說起話來加油添

醋恐怖兮兮，他們眾口一辭地說：「搞不好這名『多愁善感』的學生會自──殺！」現在得說說我給國文老師的印象了，是的，很「多愁善感」，很「抒情」，說來在那時的教育框架下（可能現在也一樣）小女生在作文簿上能走的就是這種路線，孰不知我是很「表裡不一」的，我的內心是樂觀且一點也不傷春悲秋的，這與生俱來的本性像「種子」，種子不死，到老了一下子萌芽，開始大鳴大放起來。

啊，真是萬萬沒想到，原本只是突發奇想地來幅女奴汲水圖，卻成了轟動全校的「投水事件」！除了老師力保免我一死外，我不得不要「敬佩」我的老爸，在那年代鮮有家長敢去學校衙門陳情的，我的老爸「特立獨行」搬出「教育心理」去跟校長懇懇相談，名叫「池龍」的校長，大概想到自己也是掉到池裡的一條龍罷，好也好不到哪裡去，一轉念，一心軟，也就「設身處地」──

不記我的過了！

死罪雖赦，活罪難免。活罪就是在週會上雖不致斬首，但要示眾。以茲警戒，以收儆猴之效。

真如國文老師所說，我想到「死」！在學校每逢週會，都由各班學藝股長坐在臺上輪流紀錄，平時人模人樣，現在可好，從臺的另一端站到臺中央！原來是她!?廣播劇和電影聽多看多了，當下我想到兩種死法：一是咬舌自盡，二是撞柱身亡！可是……怕死的我又害怕，怕……萬一流芳千古的烈女當不成，死不了，日後成了殘廢怎麼辦？現在想想，好在當時沒有一時衝動，否則，我的老公娶的就是個舌頭短一截，講起話來口齒不清的老婆！

到如今，每遇初中校友聚會，只要年齡相仿，不管高屆或是低屆，笑談少年往事，一定少不了當年校園中有人寶里寶氣的「投水事件」，現在年紀大了，比較坦蕩，當我很瀟灑地說：「那——

就是我！」常常換來一陣驚愕，然後總有人用很不相信又繼而轉變成很「失敬」的眼神對我說聲：「啊——？」

同學不說什麼，我全都知道，知道箇中含義，如今發胖的身軀，真叫人很難想像曾經有那麼輕巧的一躍，換上現在，想到「阿基米德原理」，如此噸位重墜到水池，水池的水大概會被濺得一滴也不剩！

往事驢驢

聽朋友說現在圓（袁）大頭很值錢，聽得我心噗通噗通跳，噗通跳，不是害怕，也不是奇貨可居，所謂心裡有即將發財的興奮，而是那噗通倒楣的一聲，這一聲敲在我的心上，久久不能忘懷，到現在年事偌大，只要一想到這一聲，我懊惱想哭的心情就跟九歲時一樣。

唉，跟圓大頭真是「福薄緣淺」，我高高興興地擁有它、握住它不到一個小時。短暫的快樂，接下來就是悔恨終生，怨嘆自己的「命苦」。回想起來，這件不幸的事偏偏發生在小孩巴望了好久的大年初一，發生了這件意外（當時在我覺得是人間再慘也沒有的慘案），叫我過年的興致一下子化為烏有。這且不說，影響深遠的是整個事件帶給我的「摧毀力」（比殺傷力還強），從此一生叫我有不得不認命，事事不強求的懦弱，長大後，變成了「沒出息」的個性。就是因為經歷了這件驢事，當時小小年紀的我，就隱隱約約地覺得，凡事只要碰到了我，都會變了樣兒。

啊，怪只怪那叫我悲觀宿命，長大後不敢去算命（怕人知道我的命怎麼這麼壞）的圓大頭，弄得我在少女時期，同學們都熱中算命、問碟仙，一卜如意郎君的年齡，而我卻對自己的「命格」沒一點信心。

連回憶都帶著眼淚的，這件事發生在小學三年級那年——

生平唯一僅有的圓大頭是那年年初一給舅舅拜年時，舅舅給我的壓歲錢。我興奮地拿著圓大頭看了又看，覺得這個「大錢」

比紅封袋裡的新臺幣有意思得多，我樂不可支。想想看嘛，過年有吃有喝，一不要上學，二不要做功課，手上現在又有塊亮澄澄的銀圓，小孩子尤其像我這個愛錢的小孩，跩得自以為好像是個富翁。我因為從小就跟老爸老媽看了不少電影，我的模仿力很強，我像電影中的守財奴一樣，小心翼翼地噘著嘴，吹了吹銀圓，接著又放在耳邊聽了聽，我高興極了，啊，我是「有錢人」，我在聽「錢」的聲音。

說也奇怪，舅舅也給弟弟、妹妹和我一樣的圓大頭，可是他們沒有我這麼興奮，大概是「年幼無知」，沒什麼金錢觀念吧，他們笨得像所有的小孩一樣，過年拿了壓歲錢，都交給媽媽「保管」。而我，當時自認是個「人精」，而且又是三年級，我比較「奸詐」，我不要傻傻地繳庫，我要自己「保管」，執意地放在我的裙子口袋裡，讓我隨時隨地可以摸到它。

過新年，穿新衣，但沒有戴新帽，新衣口袋又有個「大錢」，人都「好現」，小孩尤甚，我連忙跑到我的鄰居，也是同學家，到了人家家，因為過年吃喝太多，這時二話不說，就先上人家的廁所，日式房子是蹲廁，我身子向前傾，就這麼一彎身，口袋往下倒，哇——

噗通！

我的錢！我的圓大頭！我的富翁夢！就這麼眼看著亮澄澄地掉進去啦！

哇——！

顧不得是大年初一不准哭，我新春大吉大利，上新年的頭一次廁所，我在裡面放聲哇哇大哭，哭得有夠淒慘！

假如是小河小溪，我會奮不顧身地跳下去！

可是……

這時大人們都來了，以為有小孩掉了下去！

現在年紀一把，一想到這件事就覺得窩囊，恨自己怎麼這麼倒楣又命苦!?

最近聽兒時玩伴說，以前老家一排排的日式房子都已拆了，如今改建成大廈。聽到這個消息，我的內心激起層層漣漪，我不死心；隔著太平洋，我遙想那塊土地上的大廈風貌，想著想著，我多想自己有對X光眼，透過我的無窮法力，真想看看大廈地基下，是不是還埋藏著我九歲那年掉進去的那個「短命」圓大頭？

●

白天跟老弟打了個電話，晚上姊弟倆的少年驢事浮上心頭。

沒想到老弟粗中有細，有夠詐，至今還握著我的「把柄」。

一年多前老弟全家移民來美國，姊弟十幾年沒見，我去加州團聚，見著兒時親密「戰友」，姊弟倆亂興奮一把。

一日，老弟狡詐地對我笑了笑，隨即又神秘兮兮地對我說：「大姊，我要給妳看樣東西，妳看了，一定會嚇一跳！來美國時我什麼雜七雜八的東西都扔了，唯有這個『重要文件』，我寶貝兮兮地給帶來了，喂，妳知道嗎？妳還欠我錢！妳一定想不到我從小把它寶貝得像鈔票一樣地給藏起來，就是想以後會發財，妳給我寫這個字據的時候，我是小學六年級，妳讀初中，現在請看！南海神尼！」

這時老弟從他的機密文件箱裡拿出了一張發黃的紙片，我睜眼一看，哇！這傢伙，當年的小鬼有夠詐！

那是白紙黑字又蓋章，我想賴也賴不了的證據。看了自己當年親筆立下的字據，我忍不住哈哈大笑！笑自己讀初中的時候，實在太可愛，竟然會拿著新刻的圖章，三八兮兮地給讀小學的二楞子弟弟寫個字據來煞有介事地表明心志，我現在在燈下一想到

就想笑，那是我咬文嚼字寫的「誓言」，上面寫著：

余南海神尼李靜平發誓不結婚，若是違背誓言，則給吾弟李力平新臺幣兩萬圓正。

此據

南海神尼李靜平

民國五十×年×月×日

實在夠秀斗，自己竟然會給自己取個「南海神尼」的法號。

而且，一本正經自居了N年。

過了三十多年後，被老弟這麼一叫，猛然間臉紅又好笑地回到了從前……

取名為「南海神尼」是有原因的：

初中讀的是尼姑學校，當然是名尼姑。少年時自視甚高，當尼姑當然要當個「神尼」。

讀書時數理一向很菜，為著即將面臨的升學考試，爸爸特地送我去南海補習班進補。

「南海神尼」的法號因此由來。

再加上初中小女生生性古怪，看見男生都討厭，矢志不要跟臭男生在一起，一日心血來潮，遂發下重誓，寫了個神經有夠大條的字據給身邊正在玩「尪阿標」的弟弟，新臺幣兩萬塊是瀟灑的大筆一揮，面不改色寫的，在那時候兩萬塊很值錢，「賠償金」、「還俗金」這麼多，就代表我是不會結婚的。

沒想到當時的小鬼竟會好端端地給保存著！太「財迷心竅」了！

「大姊，南海神尼，我有『把柄』哦！……」

我的老弟四十多歲的人了，今天在電話中這麼對我說。

欠債還錢吧，嗯，就這麼決定，拿這篇文章的稿費，湊點錢給當年的二楞子寄上，趁著美金兌換臺幣，現在美金划得來的時候。

唉，誰叫自己按捺不住要「尼姑思凡」，塵緣未了，六根不淨地還俗呢？

楊桃星果

很奇怪，我的鄉愁好像都跟吃有關。

才寫完了〈椰子的聯想〉，接著又看見了楊桃，這回是輪到老公在超級市場發現的，看樣子老美的超級市場好像成了咱們愚夫婦的鄉愁發源地。

老公頗邀功地說：「在加油站加油的時候，看見旁邊超級市場窗戶上貼著Star Fruit的『大字報』，我還以為是什麼新奇水果，走進一看，原來就是楊桃！想到妳很愛吃，挑了半天才挑出這麼點像樣的。」

男人的通病就是愛說老婆很愛吃，其實他們還不是一樣——愛吃！

我懶得小心眼，因為要去洗楊桃，吃。

看來老美還滿詩意的嘛，我站在流理臺前這麼想。管楊桃叫「星果」，橫切開來，一片片的，真的很像剔透的星星，不由地我拿了一片對著亮光照了照，這個名字好是好、美是美，不過，我還是喜歡叫它「楊桃」，沒辦法，根深柢固。

第一次看到楊桃，好奇地正準備一嚐的女兒頗不解地問我：

「為什麼在美國叫Star Fruit，在臺灣叫楊桃，它是桃子嗎？」

「嗯，吃起來一點也不像嘛！」一天到晚抱著百科全書，很有研究精神的女兒接著問：「它是熱帶植物對吧？它是屬於什麼科？它是……」我望著這些乾癟瘦小，看來似曾相識，卻又不完全盡然的楊桃，耳邊響起女兒一連串的問題，心中忽然想到的是「柑

與枳」，「柑與枳以淮河為界，南為柑，北為枳」。

以前是淮河，現在是太平洋。

只因「水土」不同，結果互異，人又何嘗不是一樣？對於在美國生長的孩子，我無法體會她們的「文采」，她們也無法瞭解有時看來還跟她們滿能蓋、又還不算呆板的老媽，遇著事情時，不知不覺流露出東方式的思想與觀念。一時的欣喜，變成了些許的鄉愁。

「媽咪，妳小時候常吃這種水果嗎？」小時候，那是多遙遠的事啊，不，一點也不遙遠，一切都彷如昨日，望著窗外的天空，倒真有點像小時候一個鳳凰花開的夏日……

小時候，尤其是放暑假的時候，大人總會強迫小孩睡午覺。無聊的夏日午後，在榻榻米上前滾翻後滾翻，就是睡不著，百般無奈，我們都豎著耳朵等，等一聲「解除警報」的聲音，那是——

「楊桃啊——，楊桃啊——」

我們興奮極了，這代表午覺時間已過，因為聽到楊桃叫賣聲就等於告訴我們已是下午兩三點了，我們一骨碌地爬起，假裝揉著惺忪的睡眼，臉上還印著榻榻米的印子，惺忪的睡眼表情十足地逃混過了媽媽的法眼。媽媽一高興就會說：「嗯，很乖，給你們錢買楊桃吃。」陣陣的楊桃叫賣聲，真是迴響在童年天際裡一個優美又難忘的「三連音」。儘管賣楊桃的小販音容笑貌早已模糊，但那熟悉的「花腔男高音」，彷彿又在耳邊響起，同時好像看到在楊桃上輕灑的水珠，沿著楊桃飽滿亮綠的稜角，輕輕滑落，一顆顆地滑進我的童年裡……

假如童年像一首歌，那麼「上樹偷摘果子」就是歌裡跳動的音符。在五〇年代的時候，我們也像天下所有的小孩一樣，對偶爾偷摘的果子，視為人間美味極品。因此，每逢放假，尤其是聯

考過後的那個輕鬆暑假，大夥成群結隊瞞著家人往附近的「果子園」進軍。行動的時候，有的把風，有的爬樹，有的「你丟我撿」，最後總免不了還要來場人狗大賽。頓時整個林子喧騰起來，雞飛狗叫聲裡夾雜著同伴驚慌的喊叫聲，以及遠遠傳來果園主人似喊叫又逗趣的恐嚇聲……，等到我們這群猢猻喘息過來，清點了剛從王母娘娘那偷來的「仙桃」，各自抱在懷中，滿懷高興的像是成就了一件了不起的大事。現在想起來，也許果園主人看多了這年年上場的老戲，或許果園主人當年也曾玩過這代代相傳「官兵捉強盜」的遊戲，否則他怎麼老是跑輸我們？

追趕跑跳蹦的暑假過後，進了初中，一排排教室後面就是一棵棵楊桃樹，這下子可好，班上分別在暑假修練得一身輕功的各路英雌，可有了競技場。雖然學校三令五申地禁止學生爬樹摘楊桃，但我們只要一逮住機會就往上爬。最後每班乾脆劃定「勢力範圍」，不准別班越雷池半步。其實楊桃樹是「校產」，學校把它歸屬福利社，福利社收成了楊桃，把它曬成楊桃乾做「四菓冰」，曬楊桃的味道，甜甜酸酸又帶點似花香的濃郁味充塞著校園每個角落，儘管香氣逼人，蜜意濃濃，卻叫坐在教室裡的我們不服氣，一看到「我們」的楊桃被打下來，就一陣心痛，管他老師講的是α還是β。

轉眼升上初三，功課日漸逼緊。再加上身為全校的最高年級，自覺也該「老成持重」，這時班上同學都收拾起玩心，開始用功起來；假日的時候，同學們紛紛相約到校讀書。坐在樹下讀書，微風一過，楊桃樹絨絨的小花輕輕飄落，花粉花瓣落在課本上，有時還會帶來一隻毛毛蟲，不知剛剛空降下來的毛毛蟲會不會害怕？只見牠從容不迫地爬過我理化課本的化學方程式……

初中的日子，隨著林間四起的蟬聲轉眼即將結束，考高中的

日子也一天天地迫近，讀書讀累的我們，忽然有人帶頭扔下書本爬起樹來，大家正在高興，住在學校的訓導主任正巧路過，一下子叫鬧聲全僵住了，我爬不上樹，但為了表示我的「豪興」，我攤開裙子像卡通片裡忙得不可開交的短腿救火隊員一樣，忽左忽右跑個不停，我站在樹下看著「層峰」的指示，仰頭，瞄準，接楊桃。沒想到，第一個被抓的就是我，而且人贓俱獲！因為「投水事件」，我是學校的「名人」，現在，完了，又碰到訓導主任了！這時只見外號叫「搓衣板」的訓導主任瞪了我一眼，眼神好像在說：「妳怎麼這麼不怕死？」我低頭懺悔，心想臨到畢業，又有事端，真是晚節不保。說也奇怪，平時不苟言笑的訓導主任，面對眼前輕易被逮個正著的，要「就地正法」很容易的我，還有一群在樹上動也不敢動的，竟忍不住地笑了起來，不知是笑我們「初生之犢不畏虎」，還是那天心情特別好，竟法外施恩放了我們一馬！好脾氣地隨便說說，說當老師最愛講的那種「身體髮膚受之父母」的話就走了。哇，嚇死人！樹上樹下異口同聲地叫。這個笑容，直到我自己也當了老師，面對頑皮的學生常常也忍不住地搖頭輕笑，我才體會到，原來當老師的，說來很簡單，也是有顆像媽媽的心。

由於乍見一袋貌似故鄉的楊桃，不，星果，使得我不由地懷想一大堆，第二天又忍不住地跑了一趟超級市場，站在一小堆的「星果」前挑挑揀揀裝了一袋，對我來說像是裝了一袋少年往事，滿心歡喜地一如當年楊桃樹下情景重現。

當我抱著一袋依稀可辨認的楊桃，我跨進車門，當車子發動的時候，這時心裡也跟著澎湃起來，我按下鍵鈕，ＣＤ傳出來的是《阿信》的主題歌，「感恩的心，……」我對自己說：「阿平，還滿配的呢。」

肉從哪裡來？

住過校的人都知道，學校的伙食有個特色，那就是很菜。菜到什麼程度？菜到人人面有菜色。所以我一直覺得如今大家常說的「菜」這個字，就是淵源於學校的大鍋菜。

因為在學校吃了很多菜，所以青少年的時候，我是名副其實的慘綠少年。慘綠少年被學校伙食搞得肚子沒油水，相對的上課也沒心情吸收墨水，二八年華一心一意想的就是吃。吃，當然最好就是油滋滋的肉，而不是寡兮兮的菜。要說的是，六〇年代中期，「膽固醇」三個字還沒被印出來，別說字典裡找不到，大家根本都沒聽過，那是剛有電視的年代。雖然有電視，並不是家家有。因此可以這麼說，民智開不開，跟電視的開關成正比。你看，現代的小孩什麼都知道，不吃味精都精得很，就是這道理。在那時候就不一樣了，不相信的話，讓我們走進時光隧道，問問那時候的人看看什麼是膽固醇？相信絕大多數的人都不知道，只有家有電視的人會很了不起的說是「補藥」，而且還附帶的說是日本製的。

好了，時代背景交代清楚，現在回到我們想吃肉的這件事上去——

自從吹號的工友老宗養了一群小雞後，每次上課的時候，我們的心就會不由自主地飛到離教室不遠老宗住的那間小屋的草地上，因為草地上有一群正在啄食的小雞。你知道的，學生永遠討厭上課，上課能不聽講就不聽講，望著窗外的雞群，也比看黑板

好看。可是看久了，小雞一天天地長大了，不知怎麼搞得，我們就不會像起先那麼「純潔」的看著雞，我們變得很難把持心思的純正，在我們的心中忽然起了變化，起了卡通式的幻想，也就是看見帶毛的雞，我們就想到毛都被拔光的一隻紅燒雞。

萬萬沒想到這想法是會蔓延的，就像現在的登革熱一樣。過不久，好像全班都有了這個「共識」，只是……怎麼去抓？「偷」字好像太難聽，就是「借用」老宗的雞，把牠借用過來了，怎麼殺？我們手無寸鐵，還有……就算雞暴斃，我們要在哪裡煮？宿舍根本沒隱私，是個三十多人住的大統艙，再說難保別班沒有小人，會去報告舍監虎姑婆，虎姑婆又跟教官互通聲息，週末一起打麻將。總之，雞是人人想吃，反正不吃白不吃，只是這些細節困擾著我們，後來有人說話了，這叫什麼「萬事俱備，只欠東風」？根本是全部都行不通。

日子一天天地過去，眼看小雞都快成了老母雞了，班上的小女子都覺得再不下手，要待何時？別考慮老宗，老宗大老粗一名，根本不會每天精明地去數雞。只要趁老宗不在就可下手，還有……要導師也不在場，那……只有每天的最後一節課「勞動服務」最是天時地利人和。就這麼辦，選日不如撞日，只要時機來了，我們就去偷，抓，「借用」老宗的一隻雞！

大概天可憐見，可憐我們想吃肉快想瘋了，本來大家都以為抓雞一定是雞飛狗跳的場面，沒想到我們就在教室旁勞動服務的時候用竹畚箕就輕而易舉扣到一隻跑不快的笨雞！畚箕，笨雞，大概是天意。這下子全班為此興奮地非同小可，體育股長是中上運動會的賽跑健將，抱著嚇得半死、咯咯亂叫的雞就飛也似地往教室跑，後面跟著一群連忙扔了掃把、鋤頭、鐮刀，幾輩子沒看過雞的肖查某。進了教室，我們要先把牠藏好，看來看去覺得只

有把牠放在打掃用具的櫃子裡最安全，一下子櫃子裡乒乒砰砰吵得很，那種聲音叫人很興奮，就像現在的小孩聽爆玉米的聲音一樣。

啊，我們終於捉到一隻雞了！開飯的時候，大家都變得跩兮兮，忽然自覺錦衣玉食地對桌上的豆芽菜動都不要動，我們都在想：這種菜也是人吃的？我們等會兒就要去吃雞，而且還是隻土雞。

從來沒有那麼心慌意亂、心不在焉過，等教官走了，大家趕忙從餐廳又衝到教室，去看看我們那隻人參大補雞。怎麼殺？又不能這麼把牠活活給掐死!?大家想了又想，忽然想到一個詐計：那就是「借刀殺人」！不，借刀殺雞！我們想到，嘿，另外一個吹號工友老張，老張跟老宗是死對頭，平時誰也不服誰，常常沒事就比當年在部隊裡的兵階，兩個人都覺得自己比較「大官」，有次一言不合地兩人大打出手，剛好也是我們勞動服務課的時候，班上的一群雞婆還上去勸過架。現在去找老張，叫老張幫我們殺雞正是適當人選。再說老張又是老廣，一天到晚小爐小灶地補來補去，我們去求他。提著水桶，水桶裡放著用鞋帶綁住腳的短命雞，把班上姿色好的推到前面打頭陣。

老張起先很假仙，繃著臉一個勁的猛搖頭，一口廣東國語曉以大義給我們上「公民與道德」。後來……一聽是老宗養的，老臉上忽然有了笑容，不過一下子又消失了，大概怕我們察覺他的高興吧。就像電影中某異性聽到對方死了配偶，想到自己可以有戲唱的那樣暗自高興，但旋即又力持鎮定表示哀悼的表情。

「好吧。」老張咳了咳。「看妳們這些小孩子也滿可憐的，我就幫妳們宰這隻雞。宰了雞，妳們要煲湯，可以用我的鍋。」

老張好得真叫人始料未及。這時提著水桶的、或是本來預備撒嬌

起鬨的都鬆了一口氣。

「不過，我要說……」

大家又變得不敢呼吸，怕老張變卦。

「我是不會吃的！我不吃那個老宗的東西！不是個東西！」

我們都很高興，不吃正好。老張不吃仇人的東西，宰仇人的雞大概可以。

老張拔刀相助又很有「原則」地幫我們燉了一鍋雞湯，燉好了又偷偷趁著夜色幫我們送到教室，說不定老張端著一鍋雞湯走路的時候都有嘿嘿的笑聲。

那個晚修課上，班頭就把一鍋雞湯放在講桌上，手裡拿著勺子，全班排隊一人一口，場面很像《孤星淚》裡的孤兒領食。

說到這，我想讓大家想想另外一個畫面，那就是當一群雞鴨搶食的時候，總有一隻是怎麼擠都擠不進食槽旁的遲鈍雞或鴨，不是被同伴給強擠出來，就是自己運動神經不夠靈敏、不會有縫就鑽，搞得只有在旁邊聊以自慰地吃土。我——就是那隻！

當講臺秩序大亂的時候，也就是現在人常說的「失控」，好不容易輪到我的時候，勺子裡給我的只是淺淺的一點雞湯和一塊……雞皮！

你要問我那滋味如何?告訴你，事隔這麼多年，如今回想起來，仍叫我齒頰留香，那雞湯的滋味，哇——，讚！

還有要說的，當年的偷雞賊，現在有不少是學校的訓導主任，專門輔導青少年，怕他們受不了外界的誘惑，做出那些搶劫偷竊為人所不恥的事。

臺北街頭

「人有人頭，街有街頭，我站在臺北街頭，看的盡是滾滾的人頭。」

記得這句曾經「膾炙人口」的名句嗎？

這是曾經有一年臺北初中聯考作文題目〈臺北街頭〉，傳說這句話是當時應考的一名考生寫的句子。這句活潑有趣的童言童語，在當時文字多嫌刻板的年代，它像一首輕快的流行歌一樣，很快的就「紅」遍了臺灣的大街小巷。就連那時遠在臺南的我，也跟著大家琅琅上口。N年後的今天，當我在稿紙上寫著「臺北街頭」四個字的時候，它就像一首老歌的旋律不知不覺的在我的耳邊響起。

「臺北街頭，滾滾人頭」；那時候，在一個十二歲小孩的眼裡看來已是滾滾的人頭。到如今，該是萬頭鑽動的螞蟻雄兵了。小時候的臺北，在一個南部小孩的眼裡是什麼樣子呢？現在讓我打開兒時記憶的匣子，往裡面瞧瞧，看看那時我眼中的臺北……

小時候一聽到「上臺北」，興奮的連手腳都不知道該放在哪裡才好，一想到可以坐火車，可以在火車上吃月臺小販叫賣的木片盒便當，真是夢裡也會笑，我和妹妹早在好幾天前就像盼望過年一樣，每晚睡覺躺在床上就開始不停的扳手指算日子。

就是因為太興奮的緣故，童年裡，三次去臺北，我都記得很清楚。

五歲那年，媽媽拖兒帶女帶著我們三個小蘿蔔頭北上給出國

讀書的舅舅送行。臺北街頭那時讓我印象深刻的是三輪車伕看到個子不高的媽媽，開口嘰哩呱啦講的是日本話。我的第一次臺北之旅是乘興而去敗興而歸的，這都是被兩歲的弟弟害的，因為弟弟到了晚上哭著鬧著要找他的小馬桶。第二天送了舅舅，媽媽就帶我們回家了。我噘著嘴一肚子不高興，在火車站媽媽給我和妹妹一人買了一根貼有林黛小相片的棒棒糖，媽媽說等弟弟長大一點，以後再帶我們來臺北。

「以後」就是等到我上三年級的時候，臺北給我的印象不再是旅館、車站和路邊講日本話的三輪車伕了。臺北就像我用的「王樣水彩」一樣什麼顏色都有。西門町「西瓜大王」的招牌老遠就讓人看得見，獎券行門口的霓虹燈一圈又一圈的跑，街頭不知從哪裡傳來林黛在《金蓮花》裡唱的《媽媽要我嫁》，經過生生皮鞋聽到的是不停的放著：「白皮鞋來了，白皮鞋來了……」，那

年在衡陽路轉彎口的建新百貨公司樓上的新生戲院演的是《錦繡冰宮》，記得片中有個滑稽人邊唱邊跳的時候，一伸手碰到了一棵像瓊麻一樣的刺樹，引得我哈哈大笑。來了美國，曾在專放老片的頻道看到兒時讓我哈哈大笑的鏡頭，心中驀然一顫，一時激動的如見童年老友，惹得我滿眼是淚。

小學五年級寒假去臺北，是因為圓山兒童樂園開幕，想了半天盼了半天，到了兒童樂園人山人海，最後只溜了個萬里長城滑梯和打個不必排隊的鞦韆，小舅舅說這也是個紀念。走出兒童樂園，經過圓山、士林的時候，我遠遠的看見一座吊橋，路邊綠油油的田裡小舅舅說種的是麥子，我很興奮，因為五年級自然課本上剛教過「大麥芒長，小麥芒短」，這是南部小孩第一次看到麥子。

童年眼裡的臺北街頭是新與舊交集的，原子襪、太空衣是在

臺北學的新名詞，郊外的麥田和安東街水溝裡的蝌蚪、小魚是讓小孩心頭驚喜的田園野趣。

十六歲那年家搬來了臺北，年齡遞長看臺北也就多樣化了，已不再喜歡兒童樂園、動物園，也不會像小時候來臺北一心想要去新公園去中廣公司參加白銀阿姨的「快樂兒童」。

說來最喜歡臺北街頭的回憶，是我剛教書的時候。學校在總統府後面的貴陽街，中午可以穿過桃源街散散步，順便逛個「陽春」街。有天中午走在衡陽路上，經過賣耳環的攤子，一時興起戳了個耳洞，放學回家媽媽看了說：「噢，妳真有魄力。」現在摸摸耳朵，觸到那小小的洞眼，就好像觸到那份年輕的心情。不知要買什麼好，那就戳個耳洞吧，那一天就這樣留下了戳印。

臺北街頭是讓人一想再想的。中午走路去離學校不遠的國軍文藝中心看畫展，看高山嵐的畫展。何藩的攝影展在武昌街，大

夥坐著計程車趕在一點半回來鈴響上課。放學回家是在中山堂搭20號公車，人多，乾脆轉進中山堂看看蔣碧薇的情書展。啊，臺北街頭，那時對年輕的我來說，像是海底供魚兒穿梭游遊顏彩斑斕的洞穴。

我在臺北街頭閒逛，也有觸目驚心，五步一哨十步一崗的一幕，那是因為有不少學生的家就在大街上，我忘了走在街上就如同走在學生的家門口。龍翔、鶴立、九霞銀樓都有一雙小眼睛不知什麼時候會在偷看。轉進沅陵街，沅陵街的小吃攤最多，誰知，永安皮鞋樓上就有個徒弟在盯梢。第二天小道新聞傳開來：「昨天我看見李老師在打香腸」，「李老師在我們那裡吃刨冰」……嚇得我以後都得「微服出行」，非得戴上墨鏡又撐把傘，才敢在街上「為非作歹」。

「站在臺北街頭，看的盡是滾滾的人頭」，在我覺得是六〇

年代末期西門町路橋建了後，上下路橋中華路上摩肩接踵的盡是滾滾的人頭了。人多車多汽車的喇叭聲叭叭叭的響個不停。中華路上唱片行裡放著是白嘉莉唱的《藍色的街車》——「望著那，望著那輕煙……」臺北街頭看到的都是烏煙。

到了七〇年代，出國來美，一下子從熱鬧繁華的臺北掉進了田納西南方的小城。寂靜的夜晚叫人愈發懷念臺北街頭的五光十色，烏煙就烏煙罷，那是我的城。我開始懷念臺北街頭的市聲光影，還有記憶中點點滴滴有趣的事：那個原本要給我們罰單的交通警察，經不起兩個小女子聲淚俱下編的現代二十五孝劇情，一時心軟，在那時還沒流行稱女孩子為「馬子」的時候，慨然的說道：「好吧，放妳們一馬！不過，我罰單上已經把『范』的草字頭寫上去了，妳們要在這裡陪我等，等到一個有草字頭的人才行，否則罰單還要寫。」於是警民三人站在馬路上「守株待兔」，

直到等到一個姓「蔡」的為止。啊，臺北街頭，是這麼樣的讓我在異鄉的夢裡也會笑。就這樣魂牽夢縈「懷鄉曲」唱了三年，在田納西過了三年鄉下人開車連松鼠、兔子都先讓的日子後，再回到臺北，鄉下人進城已不復當年站在馬路當中過馬路的神勇。

「小姐，免驚。」計程車司機見我神色有異。「有放心啦，要知道在臺北開車技術不好的計程車司機，都已經被撞死了！」好個《讀者文摘》浮世繪。

一下子，紓解了我緊張的神經。開始有心情也裝著「放心」的東張西望。從車窗向外望，這邊是「吐血大拍賣」，那邊是「跳樓大拍賣」，騎樓下吆喝的、還價的，透過麥克風聲聲入耳：

「哎喲，賣你貴，我會死！現在出去就被車子給壓死！」

「吐血拍賣呢，已經沒有本錢買紙袋給你裝了……」

「三Q油歪理馬去，拜拜，撒油娜拉，啊個來……」

生動的畫面，滑稽突梯的叫賣聲，讓我深深的覺得臺北還是個可愛又迷人，懂得苦中作樂、插科打諢，帶著喜感的城市。

喜歡的就是站在臺北街頭聽與看，看街頭跟我素不相識，但同樣是升斗小民，在都市裡討生活累得彎腰駝背哀聲嘆氣，偶爾發了一點意外小財又喜不自勝的模樣。站在一群跟我同樣是黃皮膚黑頭髮的人群中，不知是風砂刺痛了眼睛，還是海外遊子沒來由的愛哭，淚水就這麼滑落下來。

臺北，臺北，睽違了多年的臺北，儘管這些年來，從電視、報章雜誌，以及朋友口中知道臺北一天天的變得熙攘擁擠，混亂煩囂，我知道，只要有朝一日，我再度站在臺北街頭，望著滾滾的人頭，我仍會像多年前一樣，會一陣鼻酸眼酸熱淚盈眶的。

遊覽車小姐

我一直覺得早先的遊覽車小姐，是現今卡拉ＯＫ的祖媽。因為她們太愛唱歌，抓著麥克風不放，不管你要不要聽。

我跟一般人一樣很喜歡出去玩，在沒開放觀光前，「出去玩」就是坐遊覽車在臺灣本島上轉。雖然孫悟空跑不出如來佛的手掌心，但也覺得很高興。有時有「魄力」點作趟離島之旅，那是去澎湖、小琉球和蘭嶼；所謂的離島還有一個島，那是綠島，綠島嘛就不敢去。說到玩，坐遊覽車，我是很高興，可是一進了遊覽車，看到了遊覽車小姐，我就很害怕。可以這麼說，每一次出去

玩，我都是苦樂摻半，所謂「不如意事十常八九」，真是一點不假。

我在想車行老闆在雇用遊覽車小姐的時候，大概首先考量的就是，一要愛講話，二要愛唱歌，三呢，就是要很愛玩「我的一球碰二球」。至於講話聲音好不好聽，歌聲悅不悅耳，好像沒關係，因為我聽來聽去都差不多。

說來當遊覽車小姐是滿累人的，一路上倒水、遞毛巾、負責清理，如果碰到烏龍司機倒車有問題，還要跳下車邊吹哨邊「啊過來，啊過來」的叫，上了車，關了車門，才坐定又開始唱不停，好不容易車停了、也唱停了，到了名勝古蹟又要當導遊，在沒放遊客下去前，大家都要上上十來分鐘的「社會課」，不管遊覽車小姐說的對不對。我看這種上上下下，動口又動手活動量滿大的工作，也只有剛出道的年輕女孩才做得來。不是嚒，你聽每位遊

覽車小姐都自稱是「小妹」，想當然都是很年輕的囉。

隨車的少年查某小妹×××，讓人怕的就是年輕不懂得「摸灰」又太「敬業」了。其實遊覽車小姐這工作，說不好也好；最大的好處就是上班的時候，老闆不在旁邊盯，此外，唯一的同事就只有一名，而司機呢，多半又是悶葫蘆，從臺北開到恆春都不說一句話，在這種情況下，根本不必考慮有人會去打小報告。可是死心眼的遊覽車小姐偏偏敬業又「樂群」，非要一路講不停，也要唱到底。

於是遊客就有得飽耳「福」了。

不說別的，一大早上車，大家都很高興；有的老人家是因為家裡孫子吵，為圖耳根清淨，兩老偕伴出來透透氣，當老師的是因為平常教室裡的猢猻吵，也趁著放假出來靜兩天，夫妻呢，是因為日子太煩躁，特地出來散散心、培養些好氣氛。

我們都是一群想要出來散心的人。沒想到，一群要散心的人，一大早聽的竟是——

《負心的人》！

散心的人聽《負心的人》之前，還得聽一段說詞：

「各位鄉親父老兄弟姐妹們（大概遊覽車小姐在旅遊淡季的時候兼差幫人助選），首先要感謝各位惠顧本公司，小妹×××很榮幸有這個機會為大家服務，首先要介紹本車司機×さん，×さん行車經驗豐富，為人熱心，往後這幾天各位有什麼事，儘管找小妹與×さん替大家服務。接下來小妹要唱一首目前最流行的歌《負心的人》，來祝大家旅途愉快。」

「櫻紅的唇，火樣熱烈的吻，也不能留住負心的人，……，我悔恨，我悔恨，對你痴心，啊……負心的人，負……心……的人！謝謝，謝謝各位，真喘。下面接著要唱的，也是很流行的歌

——《不要拋棄我》，失禮，讓小妹先喝一口水……，好，現在開始唱……」

「不要想我，不要想我，離開你無限痛苦向誰說，你知道我心難過，心難過好像鋼刀割，你若是想念舊情，你就不該拋棄我，拋……棄我，你明知道，我若……失去了你，我就不能活，你狠心拋棄了我，又來……找……我……。」

這時車子繞著山路忽上忽下，彎來彎去，耳邊聽的是「又來……找……我……」鬼哭神號的轉折，這時有人受不了，開始吐。

一陣忙亂後，遊覽車小姐一下子又恢復到剛才唱歌的好心情，接著又說話了：「小妹這次因為要為大家竭誠服務，特地準備了很多歌曲與大家同樂，接下來唱的是大家所喜歡的臺語歌《南都夜曲》，臺語歌完後小妹要唱客家民謠，為了服務老人家，小妹同時也準備了不少日本歌，一路上會慢慢唱給大家聽，希望大家

喜歡。在唱歌之前，在小妹覺得大家有緣份才會與小妹同坐一輛遊覽車，所以小妹請大家彼此自我介紹。那麼就從司機座後面的這一位開始，同時請依照順序，記住自己的號碼，等一下好來一起玩遊戲。若是有人想要喝水，想要上廁所也請告訴小妹，×さん會沿途停車，帶大家到路旁的國小去小便。小妹是臺南人，哦，你也是啊，你厝在……東門？我也是，我也是勝利國小畢業的呢，真好，真歡喜。現在小妹唱阮臺南的《南都夜曲》，請多指教！」

「南都更深，歌聲滿街頭，冬天風搖……」

「啊，小弟弟不要把頭伸到窗外去！」

「……酒館繡中燈，姑娘溫酒……」

「你要喝酒？沒有啦，只有水，喝水比較好！剛剛唱到哪裡了？哦，想到了……」

「……等君怕酒冷，不料君心先冷變絕情，啊……薄命薄命，

為君哭不得。真多謝，啊個來，我們做遊戲，剛才大家的號碼都有記住了噢，現在我們來玩『我的一球碰二球』，剛才最後一號是多少？好，那小妹就是接下來的最後一號。×さん要不要玩？不行，×さん要開車，我們玩給他看，輸的人要唱歌，就罰唱剛才小妹唱的《負心的人》。我先碰……」

大家嚇得半死，尤其是阿公阿婆。

好不容易才聽完《負心的人》，又要再聽一遍，搞不好自己就是那個倒楣鬼要被罰唱。這也是為什麼出來玩我很放鬆，可是看了遊覽車小姐我就很緊繃。

遊覽車小姐為什麼不省省力氣，同時也放我們一馬呢，讓我們閉目養神，或是聽聽輕音樂也好，我們又不會去告密。

「呼，呼，呼，One, Two, Three，ㄅㄆㄇㄈ，有聽見沒？」

一個回合完畢，遊覽車小姐開始「吹」「打」麥克風，不停

地試音。車子就這麼點大，隨便叫叫都可以聽見，假如不為了唱歌，有沒有麥克風大概都可以。伊——一陣麥克風的魔音穿腦，比在家聽孫子吵，比在學校聽學生吵，甚至比夫妻對罵還恐怖。

「好了，麥克風好了，小妹看到剛剛大家遊戲都玩得很高興，小妹忽然又想起來還有一個遊戲可以玩，那就是『傳東西』的遊戲，我現在這裡有個杯子，是塑膠杯，不怕破，大家傳下去，我開始唱歌，我唱《苦酒滿杯》，我一停，看杯子在哪裡，杯子在手上的人，就要……唱——歌——！」

媽呀，又來了！

有人說：這簡直好像在傳炸彈！

我假如一直說遊覽車小姐聒噪愛唱歌，好像沒良心，不能這麼一概而論，也有的遊覽車小姐會給我們講點有營養的話，甚至有連課本上都找不到的常識。我就有一次「知性之旅」忘不了，

那是畢業環島旅行，路經沙鹿鎮，沙鹿沒什麼可看，車子停也不停忽地開過，這時遊覽車小姐說話了：「各位同學，這裡是沙鹿，你們知道沙鹿出產什麼嗎？告訴大家，沙鹿是本省最大的鴨蛋批發地，希望大家記住，不要忘記了。」當時我就在心裡嘀嘀咕咕：「我們以後是要當老師的，又不要賣鴨蛋，幹嘛要記住，要到這裡批發鴨蛋不成？」奇怪的是，當時嘀嘀咕咕，可是這一下子就記住了，至於那次畢業旅行，一路上遊覽車小姐說了些什麼名勝古蹟話，我都不記得，只記得的就是批發鴨蛋。我有這人所不知的常識，說來都是拜遊覽車小姐之賜呢。

勤工儉學一家教

當學生的時候，我一直很想賺錢或是發點意外之財。「人無橫財不富，馬無夜草不肥」，這句話我不知在心裡唸過多少遍。可是當學生能賺的外快，在我那時候忠孝東路還沒有被炒地皮，根本不可能擺地攤，學生想要賺外快好像只有當家教一途。當然啦，我是說像我這種「品學兼優」，五穀不分，四體不勤，外表看來很怕死，讓人覺得不會做壞事，其實內心卻很想做點壞事只是沒有那個膽的矛盾組合的女生來說，當家教好像是再適合也沒有的了。因此，我就常常覺得自己該去當家教，好來人盡其材。

除了這麼想外，我還有一個想法，我覺得這對我的形象會更好（我的形象可以說是已經很好了），因為一般人對學生課餘兼差當家教多是給予良好的評價，他們會覺得你是刻苦向學、自食其力的好學生。而我呢，將會變成鄰居三姑六婆眼裡的有志女青年，雖然我的「志」只想賺了錢買件風衣而已。此外我又奸詐地想，說不定日後的媒人都會為我的「婦德」加幾分，把我說成像《碧蘭村的姑娘》一樣，「家裡下廚房，河邊洗衣裳，下田是好手，造林不外行」哈，我還少唱了一句，還有「上山打獵，回家把紗紡」，啊，我的行情將會一片大好，等著要跟我相親的一大堆。

看了我要當家教的「心路歷程」，你們不難發現我是很愛幻想又很愛做白日夢的人，只因為要去當個家教就想了一大堆。其實啊，我的夢幻、幻夢還有的是呢，說來這也是乖女生的「悶騷」，主要原因是小說看多了的緣故。那時民國五十×年（不能說，說

了你們就會知道我的年齡）我每天都在看報上連載的《月滿西樓》，不知不覺我又對當家教一事有了像小說似的幻想；瓊瑤小說中寫的是名為看護其實像女秘書還有點像現在「菲傭」性質的女主角跟東家玩世不恭的有錢少爺談戀愛的故事，啊，那我可以跟「有錢人」小鬼的哥哥談戀愛，以後當他的嫂嫂！要不，「有錢人」小鬼的媽媽死了，小鬼的爸爸不管他，只顧自己耍性格，有事沒事抽雪茄，脖子上常圍著叫人一眼看來就知道是外國貨的絲圍巾，這打扮在我那時候叫做「酷」，現在叫做「遜」。愛耍酷，自以為酷的老爸一天到晚帶不同的女人回家，最後……看上了我這朵牆角不起眼的小花，因為我是蒼白的小臉，冰涼的小手，我已不叫李靜平了，我是簡阿愛，臺灣版，哈，哈，哈。

儘管沒當家教，我幻想翩連，一旦「正式下海」，或是說好聽點是走馬上任聘為西席，我立刻為每次上家教的趕場胃痛、肉痛，一下子跌進冰冷的現實。

你知道，臺北的冬天濕潞潞、黏兮兮，為了趕場，下了公車常常顧不得開傘就開跑，滴滴答答的雨水把我原本梳得好好的頭髮淋得一條一條的，不照鏡子我都知道像蛇髮女妖，至於額前的瀏海那更衰，濕成一綹，變得很像包公頭上的月牙，這副德性，叫我拿什麼「魅力」去迷人？我窩窩囊囊、邋邋遢遢，什麼蒼白的小臉，冰涼的小手，我冰涼的小腳奔跑在濕濕的柏油路上，鞋子進水，咕嘰咕嘰地好像對我說：「妳呀，人為財死，鳥為食亡。」我俗氣得很，我是磨坊裡的騾子，前面吊著是我的風衣。轉眼寒流來了，風衣還沒買成，現在又要買大衣，真是秋風秋雨愁煞人。我變得有習慣性的胃痛，其實胃痛就是緊張。至於肉痛，就是我對於唯一可以賺錢謀生的家教一途，「一途」就要剪掉我公車票上的三個洞，來回六個洞，一個禮拜去三次，三六一十八，也就

是說只要一上工，二話不說，就像白蟻吃木頭似的吃掉我將近公車票月票的兩大排，我為此肉痛不已，我還要不要活？這還不包括平時上學、去東南亞看二輪電影以及逛陽春街所要的剪洞消費。我雖有進項，杯水車薪，一個月五百，每次看到車掌小姐不當一回事地「咔嚓，咔嚓」亂剪我的車票，一副爽得很的樣子，我就覺得我的肉被她一小方塊，一小方塊地剪下來，然後全掉在公車的門階上被她踩。

這麼不惜工本，假如有戲唱也好，偏偏又沒有。說來我就是自從當了家教後，接觸了現實，知道賺錢不易，變得務實起來；「半絲半縷，恆念物力維艱」，我一步一腳印，每個行腳就是我想買的風衣、大衣上的針腳。我不再熱中看小說，其實也沒時間看小說，我的三八黃粱夢已遠，什麼「有錢人」脖子上圍絲巾，我的家長是開西藥房的，脖子上一天到晚貼著撒隆巴斯。學生的

哥哥？學生的哥哥讀小學五年級，也是我做起功課不靈光，不做功課很頑皮的徒弟之一。啊，如果照我的夢幻腳本演的話，我將像連續劇《長白山上》方晴演的那個角色，嫁了個小老公叫「大柱子」，搞不好以後我要唱《禿子尿炕》。

好了，最後要說一件小事，假如不會做人又太剋扣的話，那是很傷人的。大家都知道當家教在上課的時候，往往家長會送點水果或點心什麼的進來，假如你是家長的話，要做得像樣一點，千萬不要小器巴巴地只把自己的孩子叫出去吃，空留家教坐在那裡覺得空氣中都寫著「士可殺不可辱」。要知道，家教也都是沒比你孩子大幾歲的大孩子，「幼吾幼以及人之幼」，人家放著自己的功課不做，為了想賺點外快，或是像我這種「有志」的女青年只想買幾件衣服，為此來陪你的孩子做功課，你要給你的孩子吃東西，最好也給家教吃一點。不要讓家教覺得你不給他吃西瓜，

他一怒羞憤辭職。在那時我常常聽到我的同學碰到類似的小器家長。

當然啦，「一樣米養百樣人」，當家教也會碰到好家長，我就有個家長很好，常常下了課，多半是週末時，夫妻倆和我的徒弟常邀我一起去「青葉」清粥小菜。「老師，辛苦妳，作伙來去『青菜』呷，免客氣。」他們看得出很誠懇，他們一點也不會覺得跟我格格不入沒什麼話好講，反倒是邊吃邊聊十分親切，去久了連「青葉」的服務生都以為我跟他們是一家的。我很窩心，並不是因為自己好吃又佔了便宜，而是感覺上覺得被人禮遇。到現在，隔了這麼多年，我看到楊麗花就會想到他們。你看，我在這篇文章結尾，不知不覺就把這件事寫出來，現在我在燈下提筆，不是因為很想吃消夜，告訴你，不為別的，只是因為感念。

財迷轉向記

什麼事都有來龍去脈，這件事的來龍……是在……為了真的像拍回憶錄，我把鏡頭轉到當時臺北麗水街的一間日式小屋裡，去脈嘛，最後變成我去電視臺，去幹嘛？很簡單，去那裡，想發財！

好了，劈空而下的一段想錢的開場白已經寫好，現在讓我慢慢道來：

時間是在民國六十年，幾月幾號不記得，抱歉，無法像現在錄影機一樣打出日期還帶秒鐘的，只記得好像剛開學不久。地點就是前面所說的麗水小屋。小屋裡的人物呢，一票。都是外表看不出來，內心想錢快有點想瘋的人。在幹什麼？因為沒錢看電影，在看電視，看中視剛剛新闢的益智節目「一分一秒」（比民國六十二年劉墉主持的「分秒必爭」要早，是傅立主持，假如沒記錯的話）。這個節目滴嗒滴嗒得很緊張，題目好像亂「簡單」都是一般常識問題，可是就是有人張口結舌傻傻的愣在那，讓電視機旁的人看了會忍不住大叫：「笨哪！」「這麼簡單也不會，豬！」

凡是演戲拍電影，場景中服裝造型是很重要的，我因為後來上電視成了被推出去搶錢的主角，所以得花點筆墨來描述一下我當時的造型；會寫文章的人，都是用很少的字來描寫一件事情的，為了表現我的「功力」，我只要說三個字你們就知道，那就是「施文彬」！只要想到長髮紮成一束的施文彬穿裙子，那就是我！說來我實在滿佩服自己的，很有描寫的天才，我真是一針見血，畫龍點睛，因為身材也是這個樣。不過，沒關係，我一向樂觀，加上當時英倫忽然冒出一個平胸模特兒崔姬，一下子就紅遍不止半邊天而是全地球，生兩個大咪咪有什麼好？說不定為了「時髦」要割掉！

「青春造型」介紹完畢，現在再回到麗水小屋。說來麗水小屋，在當時我們眼裡看來真是「愛的小屋」呢，不過在父母眼裡看來，大概是「愛的小狗窩」，為什麼？因為早早結婚的兩個人，貸居麗水街的一間房，簡直是少年郎頭殼壞去。可是在我們覺得，哇！太愛情至上，簡直可以去拍瓊瑤的電影了。

該介紹的好像都已介紹完畢，該一針見血的也描寫了。現在再來一起看電視——

「我國的三大發明是什麼？」

滴嗒，滴嗒，……

「美國解放黑奴的是哪一位總統？」

滴嗒，滴嗒，……

「東北三寶是什麼？」

滴嗒，滴嗒，……

……

「亂容易的，這個錢太好賺了。」

「哇，一分鐘只要都答對，十二題一題五十塊，比當家教還多一百塊。」

「去參加好不好？」

「沒那個膽哪。」

「我們中間找個人去，撈點錢，大家沾光。」

「那——妳去好了！」忽然有人指向我。

「為什麼？」什麼的「什」，忽然要死不死地捲個舌。

「國語標準囉。」

「肥水不落外人田，總要有人去嘛。」

這句話聽了，在我覺得好像是「總要有人死」，這兩句話此時此地是劃等號的。

吵吵鬧鬧，瞎起鬨，不知不覺節目已到尾聲。

「各位觀眾，本節目歡迎大家踴躍報名參加，報名請在明信片上寫明……寄至仁愛路……」

「我這剛好有明信片，來來來，來寫！我知道妳家的地址。」

「見財起意，見利忘義，賣友求榮。」我一向很愛用成語教訓人。

後來怎麼散會的我不記得，可是當我把「玩笑話」忘得一乾二淨的時候，忽然有一天，收到電視臺的通知時，我才知事態真的很嚴重。在此之前，每次看到有人這麼說（多半是影歌星或是

選美的人）：「當初比賽，都是同學偷偷幫我報名的。……」我就覺得很噁心，明明是自己想去，為什麼推到同學身上去？可是，當我從信箱拿到通知時，我恨恨地覺得這年頭同學真的是會簽雅爾達密約的。

「怎麼辦？」心中往往是有兩隊小兵，一隊是懦弱的，一隊是天不怕、地不怕的。「去就去！有什麼關係！」還有……忽然有個意念支撐著我，哇，說不定就這麼發財囉！參加一次……好運氣，沒六百也會有四百吧，答這種破題目，假如走狗運的話……衛冕！衛冕，再成功……，哇，一個月下來不得了！我乾脆靠此為生好了！我是荷蘭賣牛奶的女孩，我愈想愈樂，變得有點喜怒無常，本來在生氣遷怒，忽然變得感激高興，麗水街，旁邊就是金山街，我每天在這上面走來走去，看樣子，我真的是要發了！

儘管想錢想得有點亢奮不正常，但隨著時間一天天地逼近，

四下無人的時候，我，女人的本性於焉展露，我開始照鏡子。

要怎麼打扮呢？頭髮披開，展現嫵媚，不時甩甩頭？要不要學「翁倩玉時間」裡那樣在耳朵那弄兩根小彈簧？乾脆額角也弄一點？不，東施效顰，太沒個人風格了。

頭髮抓過來抓過去，長髮素顏驢驢的，總要加添點什麼吧？拿眉筆點顆痣？當媒婆？每答對一題就用紗巾向主持人甩一下，還要嘻嘻嘻。

妳完了！我時而清醒，我對著鏡子說：還沒上電視，已經起㺘了！

儘管造型設計一大堆，臨上電視那天，仍是一張沒膽作怪的臉，沒出息的是，竟要讓老薑出馬，老媽陪著去。

「各位，」強光之下主持人看了看我們，看了看一群財迷轉向的人。「為了不使有人抱鴨蛋，我每人送一題，好，一號，你

的題目是……」

不錯，還算有人情味。一題就是五十。五十塊可以買什麼？我開始想……金山街肉絲麵吃十碗，戴安芬買……買半個CUP，哈哈，我當場下定決心，發了意外之財，我就要好好整治整治我的身材，有錢還怕什麼，買戴安芬來戴，假如衛冕成功，就戴兩個！反正有錢沒處花，戴安芬再加一層華歌爾，聽說有人結婚還戴三個呢。

滴嗒，滴嗒，本來正在高興，想到以後可以任意揮霍，但滴嗒聲把我拉回現實，眼看跟我一樣想撈錢的人，個個被痛宰得面如死灰，我就開始不由自主地手軟腳軟，尤其快輪到我，兔死狐悲，抖得更是不像話。我汗涔涔，啊，參加這個鬼節目，細胞不知要死多少個！「鎮定！為了錢，就是全身細胞死光光也無要緊！」忽然不知從心裡還是哪個角落，有個聲音這麼對我說。我

得到鼓舞，一鼓作氣地就衝了出去！

N道強光刺眼，腦中一片空白，照妖鏡、探照燈大概就是這樣。我，已經不知什麼時候，面對全國同胞了！

「臺灣最高的山是什麼山？」

滴嗒，滴嗒，……

「周瑜打黃蓋，用的是什麼計？」

滴嗒，滴嗒，……

我一身冷熱汗，想到答案，題目已經過去！

我沒搽粉，面色有如白無常。

「鈴，——，×號答對×題，請就座。」

一分鐘十二題，鐵板快書「逼」問完畢，整個人又從白無常變成豬肝面，兩頰發燒，依稀聽到好像有人在電視機前對我大叫：

「這麼簡單也不會，豬！」

豬肝面被人罵成豬，大概真的是滿配。

「不錯啦，嘴巴都打顫還能說話、答問題，五七三十五，三百五十塊很好啦。」癩痢頭的兒子是自己的好，老媽趕快上來攙扶。

「誰贏？我還要比！」神智尚未恢復，因為一心想錢，鬥志高昂。

「不要再管了，我看妳快要中暑了，不，可能中邪了！」

事後，待我恢復正常作息後，我又再看「一分一秒」，是位姓司徒的女生一路衛冕成功。強光計秒之下，鎮定如恆，大將之風，叫人心服口服。我黃粱夢醒，辛苦賺來的三百五，被狐朋狗黨吃得精光。戴安芬、華歌爾都沒著落，我又變成「施文彬」，紮起頭髮過日子。

對了，還有一個始料未及的「後遺症」，萬萬沒想到，就是那麼一次的拋頭露面，成了全島南北兩地的「通緝犯」！故友舊識老鄰居全都看見了，都知道我是比二百五多一百的三百五。就連去菜場，只怪老媽平日人緣太好，菜販大家都知道，指指點點，身邊不時聽到：「伊就是李媽媽的查某仔，在電視內一張面白刷刷，緊張要死，賺得三百五。」聽完了這些話，我好像還聽到一句很小聲的評論，那是：「給電視嚇要死，無祿用，真——頇——顢！」

黃鳥漢交筆友

好像男生嘴巴都有點毛病，不管什麼事都喜歡加個「鳥」。黃鳥漢本來不叫黃鳥漢，從南部到臺北讀書的時候，因為班上有一票人整天鳥來鳥去，自然而然就形成了「鳥幫」，大家混久了，鳥漢，鳥漢，就被人這麼叫起來了。到後來黃鳥漢本名叫什麼漢，大家也就不管了，反正見了鳥漢，就覺得他天生該叫鳥漢，就像影歌星的藝名，往往蓋過了本名一樣。

黃鳥漢這個人啊，讓我告訴你，在他的心中一直有個念頭，就是很想交女朋友，這個念頭在還沒有考大學的時候就在想。可是在六〇年代想要結交異性，尤其是讀中學的時候，那是異想天開的。那時候當父母的好像都商量好似的，不管各個父母的教育程度或背景，反應都很整齊劃一；只要不知從什麼管道或是線民那（多半是家中兄弟姐妹中愛當小人的）得知有人「不學好」，不管三七二十一就是先罵一場，罵了不聽或是罵不醒的，接下來就不客氣了，那是父母「為了你好」，要好好教訓教訓，不打不成器。

職是之故，在六〇年代的時候，救國團寒暑假的活動，不管什麼營、什麼隊，學生搶著報名的特別多；明知活動都是賣勞力，有的什麼戰鬥營簡直就像拍武俠片似的吊鋼索，可是「醉翁之意不在酒」，踴躍報名參加這種活動不是為救國，而是可以認識校外的男生或女生，父母老師教官沒話講。

黃鳥漢那時也很想參加，可是沒有錢。黃鳥漢自己安慰自己，

一切等上了大學再說吧。

所以黃鳥漢是我們這一代——在民國五十多年，六〇年代當新新人類——很典型的，是典型被模子裡刻出來的，對異性的好奇與興趣，全部都變成了上大學的憧憬。

好不容易上了大學，大學並沒有附帶送個女朋友給黃鳥漢。倒是一下子送個鳥放在名字下。黃鳥漢被人這麼叫，一點也不覺得怎樣，只覺得滿好玩。當然啦，他也叫別人，因為讀的是理科，班上的鳥人真不少，朱鳥、呆鳥、刀巴鳥……一大堆，十八、九歲的半大小子，好像愈叫愈高興。

黃鳥漢常想，在我們南部鄉下好像都是貓，鎮上沒落的戲院一天到晚不是黑貓、就是小野貓、金絲貓歌舞團，在北部好像都是鳥，鳥來鳥去才時髦。

轉眼大學生活不知不覺過了一學期，新鮮勁過了，黃鳥漢愈發覺得愈來愈不好玩，說不好玩，黃鳥漢知道是自己玩不起來。黃鳥漢深知自己長得不怎麼得，再加上一不會跳舞，二不會能言善道，拍教官馬屁，混個小組長當當，三郊遊、爬山自己最討厭玩「大風吹」，甚至根本不參加，久而久之就被人歸成「愛讀書」的一類。還有，無巧不巧的參加的社團，好像也是很學術性的「禪社」，天曉得，只是當初自己對唱歌、跳舞、演話劇沒一樣行，才草草報名參加「禪社」的，當時還抱有幻想，覺得說不定可以在裡面認識比較有深度的女孩，誰知，也不知是誰說的，說是參加「禪社」的男生都是又饞又色的，這下子可好，女生在每一個人頭上都蓋了印記。

就這樣黃鳥漢的「矢志」好像一點也沒有著落。當寢室裡的鳥人在集體練習布魯斯、恰恰、吉力巴的時候，黃鳥漢就有點落落寡歡。

話說男女之間要有緣份，緣份到了就會火花放電。就在同寢室的鳥人都去擦地板的時候，也不知誰留下了一本叫什麼青年，一本沒人看的雜誌放在黃鳥漢的書桌上，宿舍人去樓空，黃鳥漢百般無聊同時也在跟自己生氣，就這麼隨手翻翻這本鳥雜誌，翻到最後，這種雜誌後面都是「友誼園地」或是「芬芳園地」，其實就是徵筆友。黃鳥漢一路看過去，忽然眼睛擦地一亮——

白詩儀　專校肄業，好靜，愛好文學、音樂、藝術，願與志同道合的青年朋友為友。地址……

本來交筆友是老掉牙的事，可是黃鳥漢那天晚上實在太無聊又恨自己大學夢碎了，看看這個女的名字取得不俗氣，愛好文學、音樂、藝術，想必更不俗氣。黃鳥漢同時自忖：專科的女生大概比大學的女生好罩。

那晚正巧窗外有一叢黃鳥漢不知道叫什麼名字的花在開，花香撲鼻、月色皎潔，激起了黃鳥漢心中的酵素，因此，撕了不知多少信紙才自認洋洋灑灑、文筆通順地寫了一封信，一切好像都是好的開始，黃鳥漢這麼想。署名的時候因為按捺不住心中的小鹿撞心又懷抱著美麗的遐想，一時間疏忽竟自然而然地寫成了「黃鳥漢」，好加在，好在又檢查了一遍，害得黃鳥漢又重新再寫最後一頁。

從那天晚上開始，黃鳥漢終於嚐到有點像談戀愛的感覺。少男情竇初開，從把信丟到郵筒裡開始，黃鳥漢就在幻想那個叫白詩儀的專科女生長得什麼樣？

看來白詩儀回信也很快，不久，黃鳥漢就收到了女生的來信。這是黃鳥漢生平第一次有女生寫信給他，看信的時候，很奇怪，手都是顫抖的。

「靜靜呷三碗公」，宿舍的每個鳥人都這麼說鳥漢。

黃鳥漢自從交了白姓筆友後，人變得有點神經兮兮又動不動愛傻笑臉紅。考試的時候讀書，黃鳥漢會把女筆友的信夾在書本裡，據說這樣效果很好。此外，黃鳥漢會把每封信都像背「國父遺囑」似地背得滾瓜爛熟（其實，「國父遺囑」黃鳥漢根本不會背）。

交筆友有個「模式」，就是信寫一陣後要交換交換相片。黃鳥漢雖然人老實，仍是還滿詐的，自己知道長得不夠看，所以先騙對方把相片寄來。

引頸盼望了半天，夢裡也夢了很多不同的臉，終於人家把相片，不，玉照寄來了。

相片寄來的那天，一大群鳥人都在看。

「還不錯，長得滿清秀的，皮膚很好。」有人這麼說。黃鳥漢這時臉上就有掩不住的得意，好像是介紹自己的老婆給鳥兄

弟Look。

現在要說走火入魔的事了：

黃鳥漢從來沒交過女朋友，這個白詩儀可說是黃鳥漢的「初戀」，黃鳥漢面對佳人玉照一時不知如何自處，大概心中太喜歡了，於是先把相片貼在床邊近在眼前的牆壁上，睜眼閉眼都是她。後來覺得如此不能表達心中愛意，於是睡覺放在枕頭上，過了一陣，又覺得愛意與日俱增，乾脆放在被窩裡。到最後更恐怖了，黃鳥漢竟然把相片放在××上！

Mamma Mia!

說故事好像都要有結果，你們要問我，結果黃鳥漢跟這個筆友有沒有結果？

這個還要問？當然沒有結果。

因為——

交筆友的最後「模式」，就是相約見面。

相見不如不見，交筆友的結果都是這樣。

白詩儀看了黃鳥漢馬上變臉，人變得兇得很，一點也沒有寫信時的詩意和若隱若現的柔情。黃鳥漢看了白詩儀也發現被騙，因為臉上的青春痘都被相館修掉了。

後來又發現「白詩儀」根本不叫白詩儀，原來真名叫賴阿招。

總之，女的嫌男的有口臭，男的嫌女的有狐臭。

臭氣亂不相投。

白白在信上肉麻了半天，又賣弄了半天。

不過，可以告訴你們的，現在兒女成群的黃鳥漢，每每想到自己的少年往事，想到自己生平交的第一個女朋友、女筆友，當年把人家的相片放在××上，哈，黃鳥漢常常忍不住地都會淺笑低吟，自己說給自己聽：「啊，少男情懷總是詩！」

人約黃昏後

在我讀小學的時候，曾經在《今日世界》上看過一幅小說的插畫，沒想到就翻翻看看的這麼驚鴻一瞥，就影響了我往後的觀念，而且那畫面根深柢固地常植我心中。那是一幅什麼樣的插畫呢？讓我告訴你，那是高寶替一篇小說，小說叫《人約黃昏後》畫的插畫，小女生都是沒事在家畫娃娃的，高寶畫的人物這麼漂亮，叫我愈看愈喜歡，看呀看的，我不知覺有了憧憬，我在心裡對自己說：以後長大一定要像《人約黃昏後》畫的這樣，這幅畫到現在我都歷歷在目，那是男女雙雙站在一棵樹下，男的高大英俊支著樹幹深情地看著低頭淺笑長的很漂亮的女的……，老師說「人不可無志，沒有志向就像船航行在茫茫的大海失去了方向」，小時候還算是個滿聽話的小孩，當下我就立下志願、發下宏誓，我，以後長大跟男生約會，一定要靠著樹站著，一定要擺這樣的姿勢，還有……我又走火入魔地想……在我約會的時候，講的話都要在我前面的空氣中有一排中文字幕。

我為什麼會這樣……神經？或是應該說為什麼這麼早熟？尤其是在我當小孩的年代，因為沒有電視，小孩都傻傻的，而我怎麼那麼小就幻想談情說愛男女約會的事？這是有原因的，因為我常跟爸媽去看當時一般「正常」小孩（我指的正常是像弟弟妹妹那樣的小孩）看都不要看有米國郎親嘴的電影，看多了，我就是個人精了。其實剛開始我也不喜歡看，只是奸詐地意識到「不看白不看」，再說看電影總比在家好，最起碼在電影院有不少東西

吃，所以當弟弟妹妹知道又是看親嘴的電影，而不是卡通片或是像《沙漠奇觀》那樣的電影，他們都寧願在家跟婆婆吃冰棒，這時我就跳出來說：「我去！」爸媽大概想，帶個小孩去也比較划得來，不管怎樣，每逢大人要看「大人的電影」，我就樂得自告奮勇。說穿了，還有個我小小年紀不為人知的秘密與虛榮，因為身為老大，一個家裡的老大，你知道，尤其是小孩子的時候，要什麼都知道，才能服眾，所以呢，老大往往都要苦撐場面，裝著像大人一樣什麼都懂，否則，很難混。

就這樣，我雖然是個小女生，看電影的時候就成了小少女，出了電影院，儘管「人格分裂」，畢竟小孩還是小孩，再怎麼看得懂劇情也沒用，雖然看了電影有幻想，平常過日子，上學的時候，在班上，我最討厭男生，尤其是跟我同座的「肥豬」。我跟肥豬的桌上像當時的男女生一樣畫了一條線，最後乾脆用刀子刻了一條溝，只要一過線就打。通常都是我打肥豬，因為我隨時隨地都在注意。肥豬的手臂胖胖的，像大力水手那樣，肥豬因為人胖，加上又迷迷糊糊的，一不小心就過線，一天下來，少說要被我打個二、三十下。肥豬皮下脂肪多，好像也不在乎。後來我換成尺子，尺子換來換去，最後換成鐵尺。

這就是我的小學時代。

時光荏苒，日月如梭，一下子就長大了。肥豬我再也沒看見，只知道初中考上南寧中學，往後一片空白。後來我家搬到臺北，肥豬跟我小學那一票同學都在臺南吧。

有道是小學同學男男女女一旦長大後，總有人會很熱心地召開小學同學會，熱心的人好像都是男生，美其名曰念舊、或是什麼兒時情誼深厚（像我跟肥豬有什麼情誼深厚？）假如老師沒死的話，就把老師請出來，說是尊師重道。其實……我現在分析，

那是男生的詐計，他們想看看以前班上拿水桶、掃把跟他們打來打去的女生，長大後是什麼樣？再者……看看有沒有戲唱？因為小學同學畢竟好開口、好搭線，尤其是分別在和尚、尼姑學校一路讀過來，看見異性就不知道手該往哪裡擺，跟小學同學在一起比較容易有開場白，言行舉止也比較「大方」，總之，好處多多，再說……還有點文藝氣息是不是？現成的成語都放在那裡，什麼青梅竹馬、兩小無猜。

我跟肥豬就是這樣，當肥豬一路從和尚學校唸過來，看到我時……

嚇了一跳！

我得說說我為什麼讓肥豬嚇了一跳，我，留著長髮，唸日語讀「あいうえお」，因為長智齒，不太能講話，就因為不太能講話，看起來很像日本女人一樣沒脾氣，一點也不像小時候那麼兇。

所以，肥豬嚇了一跳。

並不是因為看見我驚為天人。

肥豬見我「氣質」已經改變，所以比較不怕死，他不知道我從小原來是個很有「夢幻」的小女生，因為男生太討厭才這樣。

後來……你們知道後來會演變成怎樣……

「妳……喜不喜歡看電影？我……們……一起去看電影。」肥豬結結巴巴地說，最後還強調「我請妳」。

原來——

肥豬要約我！

我望著肥豬，其實肥豬已經不肥了，應該是瘦豬，因為叫肥豬，所以我覺得他還是肥豬。妳的「男朋友」叫肥豬？不（亂沒面子），不是男朋友，他是我的小學同學！此處無銀三百兩。我是讀文的，讀文的想像力豐富，我在短短的幾秒鐘想了一大堆可

以預見的藍圖，接著又飛快地想到瓊瑤《六個夢》中好像有一篇青梅竹馬的玩伴後來變得有愛情，人家是怎麼變的？雖然我跟肥豬以前是仇人……，就在肥豬等我回答的同時，或許肥豬以為我是不好意思、矜持什麼的，小時候我在《今日世界》看到的《人約黃昏後》的畫面，早不出現，晚不出現，這時全部出現在眼前……我不甘心，我為什麼要豬約黃昏後？怎麼跟我小時候想的完全不一樣!?豬約黃昏後，肥豬是豬沒話講，那，我不是也是豬？

「妳看什麼時候好？我……是說什麼時候妳有空？」肥豬的聲音很不自然，好像背後有把槍抵著他。

菜鳥對菜鳥。

我「人約黃昏後」還要找棵樹站著呢，好不容易長大，跟我約會的竟是肥豬！

假如宋朝女詞人朱淑真知道，一定會為我叫屈。你看，我從

小連約會要擺什麼姿勢都想好了啊！

真是人算不如天算。

「……黃昏後。」我感慨。喃喃自語。說給自己聽。不小心被肥豬的豬耳朵聽到。

「黃昏後？那最好，我們去看《黃昏雙鏢客》！現在好像很流行『黃昏』哦，前一陣子演《黃昏之戀》，是老片子，妳看過沒？」

你給我閉嘴！假如我長大後是你來約我，小學時我會把你給打死！我在心中大叫。但沒有發作。媽媽說女孩子長大要有風度，就是不高興也不要表露出來，尤其不能太兇，還有什麼「以柔克剛」的婦女專欄話。

後來我有沒有赴肥豬的約？有。因為媽媽說……

又是媽媽說，媽媽說，肥豬傻傻的她放心。很奇怪，媽媽好

像要比我高興，因為肥豬的媽媽跟她以前是同事，都在學校當老師。肥豬媽媽的外號叫「地瓜」。

當真的是一個黃昏，我夢寐的約會黃金時段，我跟小時候煩得要死的肥豬去看亂沒情調的《黃昏雙鏢客》。肥豬臨走的時候，當著媽媽的面還很自然的在摳鼻孔，而且繞了一個三百六十度的圈，媽媽看了更高興。媽媽關門的時候，我聽見媽媽在門裡面說：

「地瓜跟我認識，諒肥豬這個楞頭青不敢怎樣！」

東語系，什麼組？

從小我就立志學文，聽來好像有點噁心，其實不是，我是被逼得沒辦法，因為我太怕做算術了。我常常哭著想，長大後一定不要再做算術了！這是我「立志」的最早萌芽期。那時候國語課本上，一天到晚強調的是偉人從小就是立大志，立志「救國救民」，我也立志，立志長大後不做算術，立志救自己。孰不知，從小學開始受苦、受折磨，距離長大還有好長一條路要走、要捱，一路上還有比算術更恐怖的酷刑在等著我，等著要拿火鉗燙我，等著要拶我的手指，還有太陽燈、辣椒水……也都陸續搬出來，

搬出來要整我這個一看到公式、方程式就腦中一片空白，腦袋旁邊好像有一群小鳥繞著飛，眼睛變得一圈又一圈的人。

可以這麼說，我愈是長大，愈是苦不堪言，上這種殘民以逞的課，「如坐針氈」這四個字是真正的寫照，我過的日子是，一上這種課，我不知要看手錶幾百次。人都有「求生慾」，為了存活，我走投無路，逼上梁山讀文組。當然啦，對外號稱就是從小立志學文，這樣比較讓人瞧得起，說不定對我還有一絲「崇敬」，讓人覺得我是愛靜坐閣樓吟詩作畫，沒事輕羅小扇白天撲蝴蝶，晚上撲流螢什麼的。

「立志學文」，但萬萬沒想到日後學的是日文。

這又要拜數學之賜，因為聯考數學，我考了……讓我吃顆誠實丸吧，我考了半天，考了——三分！這還是補了三年的結果，結果一年一分。為此差點咬舌自盡。轉念之間，又覺得幹嘛要死？

我不是一路挫敗下來早已淬礪出浴火鳳凰的架勢，我打小盼望的不就是從此脫苦海的一天？我輕生毫無價值嘛，什麼鴻毛、泰山的話又在耳邊響起，要死的話，那就讓數學老師一頭撞死好了！

我有所頓悟，當然也就不會因為面子而尋短見，我翻了翻星座書，書上說「金牛座」的特性就是「認命」。所以，學日文就學日文吧，我絕不再重考，也不要轉系，從一而終，入土為安。再說一想到考試要考數學，我真搞不懂為什麼有「志氣」的人有「勇氣」再煉獄一次？小時候隔壁小芳的大哥就是這樣，是鄰居中第一個上大學的孩子，為此街坊鄰居特地掛了一串鞭炮來放。可是，小芳的哥哥不喜歡，上了半學期就休學回家立志重考。人家是「座右銘」，小芳的哥哥是「床右銘」，在床邊的牆上貼著標語，那是：「想回中原嗎？不回中原，就起來！」我跟小芳都讀小學，國語課本、歷史課本「中原」就是大陸，那時候又是反共抗俄，反攻大陸，作文都是「收復中原，光復國土」。小芳說：「好像不要反攻大陸的樣子。」不僅我們這樣想，大人也是這麼想，尤其「起來」就像「起義」一樣，小芳的媽媽很怕，很怕自己的兒子被抓，趕緊叫小芳的哥哥把標語拿下來。假如真的被抓，那倒應驗了「壯志未酬身先死」。

為什麼會想起這段往事呢，因為雖不重考，但我也要貼張「床右銘」，我勵精圖治，我要有所作為，我把「五十音」貼在牆壁上，睜眼看，閉眼在空氣中像畫符似地龍飛鳳舞大寫特寫，嘴裡不時あいうえお地亂叫。很不幸地是，學習時機不對，那時正值與日本斷交之際，舉國上下反日情緒高漲，不說日語、不買日貨，大家買自己臺灣雞生的雞蛋砸日本大使館！社會版上有人自殺也不用日本的死法，改用上吊。流氓尋仇，忽然也都不用武士刀，改用本土西瓜刀。我關在屋子裡詰屈聱牙外帶大舌頭，我「嘴」

不由己，愧對國人。弟弟血氣方剛，只要我一在屋內勉強する，弟弟就在門外大叫：「漢奸在放屁！」後來弟弟見我忍辱負重，又念及平日待他不薄，遂又改口：「以後再跟日本打仗的話，」弟弟曉以大義說道：「妳可以為國家做點事，化名叫花子當間諜，當間諜，不是說妳美，妳化妝男的比較像！」

不管什麼子，最後我覺得我要當啞子。何故？班上高嘴太多，高嘴都是日據時代人物，也許為求一紙文憑吧，屈就跟我們這群烏合之眾當同窗，同窗不同程度，他們是「良」，我們是「莠」。只要說一件事，就知道是如何「不齊」了；我們用的日語讀本參考書，作者就坐在我們身邊，是我們的同窗です。到現在我都記得書上封面寫著「學習日語的利器」，「什麼『利器』？」一位半斤跟我這個八兩說：「到了我們手上，都變成了『軟器』！」

逢到考試，那更是懸殊見真章，我們馬上現原形，本本筆記

簿封面都寫著「重晚節，不服老」的日據人物，一到考試像督學視察似地來應考，叼著香菸坐在教室等著發考卷，書，根本不必看（日翻中的參考書都是他寫的，還有什麼好看的？）。

我們……雞蛋碰石頭！

有道是內憂外患一起來，教室裡有高嘴高手，就連走在路上隨便抓個歐巴桑、歐吉桑日文功力也比我們這個外強中乾系高，何況外強還不是真外強，要勉強湊合的話，「歪牆」大概是。

退而求其次，找跟我們差不多的蛤蟆老鼠吧！

你說是跳舞、郊遊、幼兒症大風吹？對，就是這票人物。

一知道妳是日語系的，馬上就用日語問，用從青年服務社學的日語問：あなたはどこのだいがくですか？（妳是什麼學校（大學）的？）最後還加上一句：どうぞよろしく。（請多指教）夠賣弄的。

但也有的例外，有「學問」，一聽東語系，馬上見多識廣地問道：是什麼組？

因為其他學校「東語系」裡分了好幾組，而我們別無選擇，東語系只有一語，不讀拉倒。

聽多了有「學問」的問話，我遂悟出了一計，一向不太敢承認是日語系，怕「禍從口出」，招架不住，至今，我都用來當擋箭牌，那就是當有人問道：

「東語系，什麼組？」

「我是東語系，土——耳——其——語組。」

面不改色，加重語氣，強調真的是土耳其語系，言談之中很自然地說「很喜歡洗土耳其浴」。

哈哈，來個死無對證，實在太好了！

讓我想起北村洋一

閒來無事，隨手翻閱從社區圖書館外語部門借來馬森寫的《東西看》，書中〈年輕人的頭髮〉，當我看到文中的第一句：「近閱國內報紙，有警察執剪沿途截剪青年人長髮的新聞。……」就因這麼一句，立刻把我拉回從前，文章還沒有完，我忍不住先翻翻後面，原來這篇文章是原載一九七〇年三月一日《大眾日報》副刊。巧！我的記憶中人，也正是那個時候。於是乎，一下子把我拉回到當學生的時候，我，剛下了三十四號公車，站在羽球館要過馬路的時空……

那時候，我不像現在這麼老，滿年輕的。剛上完日語會話課，要回家。就在這個時候，身邊有個長腿長髮帥哥（那時候還沒「帥哥」這個名詞），看著我對我笑了笑，我一向不相信小說中的「邂逅」，可是這時候，叫我心神盪漾地不由得幻想自己正走入小說中的某一個情節。

誰知長髮帥哥一開口，我羅曼蒂克的美夢，立刻打碎。原來這傢伙是日本人，講的是叫人聽來很痛苦的「日本英語」。

人看人第一個印象都是看長相的，看他長髮長腿貌似混血兒（我在想可能該老媽或阿嬤是蝴蝶夫人）的份上，再加上毫無日本矮腿雞，或是臘腸狗的東洋正字標記，我還是面帶笑容十分有耐性地聽他講蹩腳英語。

原來——

他是要問我臺北學苑怎麼走？他要辦住宿……

這時天色已晚，是該吃晚飯的時候，看他長得這麼瀟灑英俊，而且還帶點嬉痞的味道，我覺得肚子餓有什麼關係？而且那時候報上一天到晚登來登去就是鼓勵老百姓要「國民外交」，於公於私，我決定要好人做到底陪他走一趟。

誰知——

跟著我過馬路的還有一個人，也許一時自己太「興奮」，根本沒有注意到，這個人若是個男的也好，偏偏是個可愛的小女子，而且，讓我心服口服地要說眼前的清純婉約小女子，長得可真像日本明星「吉永小百合」。

還有什麼戲唱？

不過，年輕人畢竟是年輕人，「三人行」過了馬路，走在紅磚路上，英日語摻雜短短的幾分鐘行腳，好像彼此十分熟稔，原來他們是亞細亞大學的學生（到現在還記得這麼清楚，是因為當時家門口有個亞細亞獸醫院），而我，叫他們喜出望外地是日語系的學生。

到了臺北學苑，正值晚飯時分，辦事人員只有一名，一名貌似學校教官穿便服的人，當我替他們說明原委，他們兩個只負責在旁點頭微笑的時候，穿著什麼龍的透明襯衫，口袋裡還有一包長壽菸的辦事人員，上下打量了一下站在我身邊的長髮帥哥，隨後對我說：「妳告訴這兩個日本人，女的住宿沒問題，他要住宿，先把頭髮給剪短，再來辦住宿手續。」

三個人都愣住了，吉永小百合大概太累，有氣無力地說道：「這樣吧，就麻煩妳帶洋一去找理髮店去剪頭髮吧，我留在這裡看背包。」

好像除了這個辦法，也沒有別的辦法。

走出了臺北學苑，問題來了，去哪裡就近找理髮店？我靈機

一動，想到良士大廈後面有家「鈴鹿」，不管，就去這家好了！

拾階而上，又只有一個人在，一個無聊地正在修指甲的小妹，我又開始雞婆地說明原委，長毛賊這時也許疲累不堪在想味噌湯和壽司，只是苦笑頻頻。

「不行吔，我們這是給女人做頭髮的，不管男人的……」

說我笨嘛，我不承認，我這個人有我的「急智」，我立刻隨口說道：「那妳就把他當個女的，給他剪個『赫本頭』好了！」

把小妹說得也沒辦法，想想也只好這樣。於是拿起白圍巾把北村洋一給按在椅子上，開始就地正「髮」。

就這麼剪了個赫本頭的北村洋一，過了咱們臺北學苑的關。安頓好了這對「登對」男女，我回家吃晚飯再上家教課搞得一團亂。不過，在暮色中看他們頻頻向我揮手，婉約小女子吉永小百合（真名是郡澄子）還向我鞠個大躬，我覺得就是胃潰瘍、胃穿孔也值得。

這場問路、剪髮因緣，並沒就此薩喲娜拉。過了個把月吧，忽然，有天我收到北村洋一的來信。

信中當然又是重述我對他們的「救命之恩」，接著又說頭髮又長成原樣了，他告訴他的朋友，若是要去臺灣的話最好先把頭髮剪短，或是剃個光頭。……

後來我發現北村洋一畫得一手好漫畫，常常在信中畫畫，可說是文圖並茂，我很慶幸有這麼個筆友。

「哇，妳以後會嫁到日本！」

「少亂講，人家有女朋友，而且很可愛。」

「沒關係，二女奪夫！」

「有空學炸天婦羅、學學日本料理吧！」

班上的一群三八瞎起鬨。

什麼天婦羅，我要切腹！

後來之所以「純寫信」，我想藉著這個機會練習日文作文的能力，可是，寫到最後，問題來了——

我發現我愈來愈招架不住，什麼日語系，簡直像日本幼稚園小孩寫的信！

沒辦法，我去重慶南路買了本《中日筆友通信大全》，要回信的時候，就開始驢唇不對馬嘴的亂抄，寫到信尾，至今印象深刻的是我把書中信尾語幾乎都抄過，諸如：

媽媽叫我吃飯了，就此擱筆。

明天還有考試呢，時間不夠用啊，就此擱筆。

秋菊吐豔，望好自珍攝。

黃金週轉眼將至，你們（我加了個們）有什麼旅遊計劃呢？

又是春天，想到櫻花燦爛，花祭時分，有人下著雨坐在櫻花

樹下喝酒，該是多麼浪漫！

……

到最後，文言的、白話的全抄完了，我想我這個外強中乾系的人也完了！

若說中日貿易是逆差，我看跟日本人打交道，唯有我寫信這方面是替咱們中華民國扳回了一城。

人家寫了好幾封，我才回一封。

儘管「強勢外交」，可是愈來愈「語無倫次」，時而咬文嚼字作有學問狀（抄的不費功夫），時而又文法不通成低能兒狀（自己絞盡腦汁寫的），最後，也就不了了之。

倒是現在，過了這麼多年後，偶爾看了書中的一句話，不由得勾起了我少年時的一段回憶，我不知道我是懷念記憶中的一個猶如雪泥鴻爪的朋友呢，還是自己當時年輕的心情？

總而言之，若是換上現在，有個年輕的外國毛孩子向我問路，現在還沒開口，長相就是給人一副「老謀深算」又「奸詐」的ＯＢＳ樣，我會不會好心地帶著人家折騰好幾個鐘頭？或是，我走也走不動，心有餘力不足地說道：「孩子，往前走，過了馬路，就在你的右手邊，若是找不到，你再一邊走一邊問人罷！」

我不知道為什麼？

身為現代人，我常對自己說要多看電視，也要多讀報紙，要在閒暇之餘，把客廳當作我的教室，把客廳的沙發、茶几當作我的課桌椅。因為，我知道藉著這兩個大眾傳播媒體，可以讓我吸收些新知，使得我在人群中不至於顯得傻里傻氣。

可是——

「視聽教育」接受了好些年，我沒什麼長進，我只知道電腦跟人一樣也會有上吐下瀉的「病毒」，還有現在地球的臭氧層破了個大洞，就是叫女媧來補，也補不起來。至於，其他的新知，

我望著它，它看著我，我在原地踏步走，我沒法兒搆著它，它也不願意將就我。

倒是——

電視連續劇和報紙社會新聞版看多了，看出了一肚子的學問，學問之餘，免不了有些自個兒琢磨了好久，研究了好久，我不知道為什麼的問題：

●

我不知道為什麼社會版很喜歡在人名中畫個×？

笨蛋，緋聞案上報，為顧及當事人的顏面及隱私，多在真名畫個×，一來記者對報社有交代，二來對社會大眾也讓他們有知的權利——知道三分之二名字的權利。

可是，有回我連看兩份報紙，我不知道報紙之間是不是缺少溝通，一家報紙登王×雄，一家報紙登王俊×，兩份報紙對在一

起，「脫褲案」男主角的尊姓大名，我「好心」得不想知道都不行。

●

我不知道為什麼報紙上常說原本抵死狡賴的兇嫌，經過警方一番苦口婆心，曉以大義後，就良心發現，痛哭流涕地招了？

社會版常常這麼寫：案情膠著，經警方曉以大義後，使得整個案情明朗……，有回還看到這樣的說詞：案情明朗，撥雲見日。正在佩服警察的功力，怎麼一下子報紙上印的又是「撥月見霧」，變成了粉紅豹裡的彼得謝勒辦案辦得是一團亂麻？

●

我不知道為什麼我從小到大到現在，每隔一陣，社會版上就會有件老鼠咬死男嬰的「新聞」？

從我識字開始，這類老鼠專咬小男孩小雞雞的「新聞」，都

登在報紙上，像豆腐干大小的旮旯裡，是不是專門用來補洞的？

其實，像我這個好說話的讀者來看，沒新聞也沒關係，不一定要登老鼠咬小雞雞的事。

沒新聞，可不可以畫朵花放在那裡？

●

我不知道為什麼電視劇裡的好人都不把壞人打死？

我很吐血，電視劇裡的好人就是有槍掉到他的面前，他也不用，頂多是把壞人敲昏，然後叫壞人很快地醒來後再追殺他。偏偏好男人都帶著個很吵的女朋友逃命——女的毛病又特多，一下子鞋跟斷，一下子扭到腳，好男人又要揹著她跑。

我不知道為什麼會這樣!?

●

我不知道為什麼電視劇裡的壞人殺人，非要拿把新刀不可？

新的、亮澄澄的，在電視上還反光！

用新刀殺人，是圖個吉利？還是像黃曆上說的開光之喜？

我只知道自從我開始搖筆桿後，除非原子筆沒水，我一路都是用我自己已經習慣的那枝筆。

照電視劇裡「新刀好殺人」的說法，假如一個殺人殺上癮的兇手，加上運氣好得從來沒被逮著，他家裡的櫃櫥裡一定有不少把刀，每把新刀上面都貼個條子，上面寫著殺某某用。

●

我不知道為什麼電視劇裡的好人都有抓兇器的毛病？

真不知道電視上的好人到底有什麼毛病，人只要一到命案現場，非要手癢得抓兇器不可，抓抓也就算了，還要把血漬東抹西抹的，全往自己身上抹，好像人到化妝品專櫃抹樣品，不抹白不抹。該握的握，該抹的抹，最後不知是不是有什麼阿Q精神，又跪在死者身邊，舉起兇器，作殺人狀，舉著不動也不肯走，一心非要等著人來看。

啊，實在搞不懂！

●

我不知道為什麼電視劇裡很喜歡拍女人生孩子，男人上廁所？

看來都是特寫。有時特寫之外，還是大特寫。

我不知道為什麼男女主角那麼「敬業」，演得要那麼「逼真」？電視劇的女主角，大半雲英未嫁，沒生過孩子，可是遇著「產戲」，個個都像難產。

「產戲」聲嘶力竭，滿頭大汗，張的大嘴，可以讓人看見補過的大牙，同時也看到嘴裡的天花板。

女生產，男如廁。接著鏡頭對準男主角上廁所……

我不知道為什麼攝影機要照那麼久？可不可以不要拍？可不可以不要有「音響」？「正常人」都是在廁所裡面「整理」好才出來，偏偏電視上的男主角要在廁所外面「教」人如何整理衣褲——拉拉鍊，又抖兩抖。我不知道為什麼要這麼鉅細靡遺？

●

我不知道為什麼電視劇裡有這樣的劇情、這樣的對白？

怎麼老情人都那麼倒楣，只要碰一碰手，或是講一講話，有時彼此不勝唏噓，互相安慰地抱一抱，馬上對方的老公或是老婆，甚至婆婆、小姑就出現。

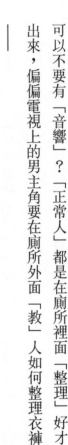

怎麼電視劇裡有那麼多好騙的男人？只要酒後一覺醒來，女的把床單裹在身上哭訴一場，男的馬上就相信。

我不知道為什麼電視劇裡快死的人，迴光返照的「迴力」都這麼強——

臨死前可以唱首歌、吟首詩，有文學底子的，還可以即興作首詩，似乎一點也不傷腦筋，不像我活得好好的，爬格子爬得是「奄奄一息，氣若游絲」。

我不知道為什麼常有這樣的對白：

明明男的得了癌症，快死了，女的非要嫁給他，癡情女子含淚對男人說道：「這世界上只有你可以讓我託付終生！」

我不知道為什麼武俠劇裡聽來聽去都是：「明年今日是你的忌日！」

我不知道為什麼電視劇沒話可講的時候，就要說句：「對了！」

對了！這一招以後可以用來寫文章！

我不知道為什麼電視劇非要訓練觀眾背書不可？

一封遺書或是離家出走的信，寫的人聲淚俱下地邊寫邊說，看的人又鼻涕一把淚一把地邊看邊唸，唸給其他人聽。此外，不時的又有回憶畫面，好像觀眾都得了「失憶症」，要不就是「老人癡呆症」，非要把遺書或是什麼書反覆唸個不停，直到觀眾會背為止。

我不知道為什麼教科書沒想到用這一招？

把教科書製作成電視劇，不是挺好？到時候不會背也會背。

●

最後，是我看電視「走火入魔」最大惑不解的一件事——

我不知道為什麼電視劇裡的男女主角可以隨心所欲地把對方的頭換上自己所想要看到的人的頭？

說來「恐怖」。我的意思是怎麼會有朦朧的意識會讓人產生錯覺，讓人恍惚地看到「夢中情人」就在眼前？

我跟老公吵架，每次都想「幻想」眼前是張李奧納多・狄卡皮歐的臉，可是沒有一次成功，始終「科技」不起來，怎麼看來看去，都是老公一張齜牙咧嘴的臉？

就是瞇著眼睛也不行，老公的嘴臉更清晰，叫聲更嚇人：

「我跟妳吵架，妳幹嘛像黑社會的老大在瞄我？」

●

唉，我不知道為什麼別人看報紙就看報紙，看電視就看電視，看完後一扔一關，煙消雲散，而我，卻有這麼一大堆我不知道為什麼的驢問題？

三民叢刊書目

① 邁向已開發國家　孫　震著
② 經濟發展啟示錄　于宗先著
③ 中國文學講話　王更生著
④ 紅樓夢新解　潘重規著
⑤ 紅樓夢新辨　潘重規著
⑥ 自由與權威　周陽山著
⑦ 勇往直前
・傳播經營札記　石永貴著
⑧ 細微的一炷香　劉紹銘著
⑨ 文與情　琦　君著
⑩ 在我們的時代　周志文著
⑪ 中央社的故事（上）
・民國二十一年至六十一年　周培敬著
⑫ 中央社的故事（下）
・民國二十一年至六十一年　周培敬著
⑬ 梭羅與中國　陳長房著
⑭ 時代邊緣之聲　龔鵬程著
⑮ 紅學六十年　潘重規著
⑯ 解咒與立法　勞思光著
⑰ 對不起，借過一下　水　晶著
⑱ 解體分裂的年代　楊　渡著
⑲ 德國在那裏？（政治、經濟）
・聯邦德國四十年　郭恆鈺、許琳菲等著
⑳ 德國在那裏？（文化、統一）
・聯邦德國四十年　郭恆鈺、許琳菲等著
㉑ 浮生九四
・雪林回憶錄　蘇雪林著
㉒ 海天集　莊信正著
㉓ 日本式心靈
・文化與社會散論　李永熾著
㉔ 臺灣文學風貌　李瑞騰著
㉕ 干儛集　黃翰荻著

㉖作家與作品　謝冰瑩著
㉗冰瑩書信　謝冰瑩著
㉘冰瑩遊記　謝冰瑩著
㉙冰瑩憶往　謝冰瑩著
㉚冰瑩懷舊　謝冰瑩著
㉛與世界文壇對話　鄭樹森著
㉜捉狂下的興嘆　南方朔著
㉝猶記風吹水上鱗　余英時著
・錢穆與現代中國學術
㉞形象與言語　李明明著
・西方現代藝術評論文集
㉟紅學論集　潘重規著
㊱憂鬱與狂熱　孫瑋芒著
㊲黃昏過客　沙　究著
㊳帶詩蹺課去　徐望雲著
㊴走出銅像國　龔鵬程著
㊵伴我半世紀的那把琴　鄧昌國著
㊶深層思考與思考深層　劉必榮著
・轉型期國際政治的觀察
㊷瞬　間　周志文著
㊸兩岸迷宮遊戲　楊　渡著
㊹德國問題與歐洲秩序　彭滂沱著
㊺文學關懷　李瑞騰著
㊻未能忘情　劉紹銘著
㊼發展路上艱難多　孫　震著
㊽胡適叢論　周質平著
㊾水與水神　王孝廉著
・中國的民俗與人文
㊿由英雄的人到人的泯滅　金恆杰著
・法國當代文學論集
51重商主義的窘境　賴建誠著
52中國文化與現代變遷　余英時著
53橡溪雜拾　思　果著
54統一後的德國　郭恆鈺主編
55愛廬談文學　黃永武著
56南十字星座　呂大明著
57重疊的足跡　韓　秀著
58書鄉長短調　黃碧端著
59愛情・仇恨・政治　朱立民著
・漢姆雷特專論及其他

⑥⓪蝴蝶球傳奇 顏匯增著
・真實與虛構
⑥①文化啓示錄 南方朔著
⑥②日本這個國家 章　陸著
⑥③在沉寂與鼎沸之間 黃碧端著
⑥④民主與兩岸動向 余英時著
⑥⑤靈魂的按摩 劉紹銘著
⑥⑥迎向眾聲 向　陽著
・八〇年代臺灣文化情境觀察
⑥⑦蛻變中的臺灣經濟 于宗先著
⑥⑧從現代到當代 鄭樹森著
⑥⑨嚴肅的遊戲 楊錦郁著
・當代文藝訪談錄
⑦⓪甜鹹酸梅 向　明著
⑦①楓　香 黃國彬著
⑦②日本深層 齊　濤著
⑦③美麗的負荷 封德屏著
⑦④現代文明的隱者 周陽山著
⑦⑤煙火與噴泉 白　靈著
⑦⑥七十浮跡 項退結著
・生活體驗與思考
⑦⑦永恆的彩虹 小　民著
⑦⑧情繫一環 梁錫華著
⑦⑨遠山一抹 思　果著
⑧⓪尋找希望的星空 呂大明著
⑧①領養一株雲杉 黃文範著
⑧②浮世情懷 劉安諾著
⑧③天涯長青 趙淑俠著
⑧④文學札記 黃國彬著
⑧⑤訪草（第一卷） 陳冠學著
⑧⑥藍色的斷想 陳冠學著
・孤獨者隨想錄
⑧⑦追不回的永恆 彭　歌著
A・B・C全卷
⑧⑧紫水晶戒指 小　民著
⑧⑨心路的嬉逐 劉延湘著
⑨⓪情書外一章 韓　秀著
⑨①情到深處 簡　宛著
⑨②父女對話 陳冠學著

⑨③陳冲前傳　嚴歌苓著
⑨④面壁笑人類　祖　慰著
⑨⑤不老的詩心　夏鐵肩著
⑨⑥雲霧之國　合山　究著
⑨⑦北京城不是一天造成的　喜　樂著
⑨⑧兩城憶往　楊孔鑫著
⑨⑨詩情與俠骨　莊　因著
⑩⓪文化脈動　張　錯著
⑩①桑樹下　繆天華著
⑩②牛頓來訪　石家興著
⑩③深情回眸　鮑曉暉著
⑩④新詩補給站　渡　也著
⑩⑤鳳凰遊　李元洛著
⑩⑥文學人語　高大鵬著
⑩⑦養狗政治學　鄭赤琰著
⑩⑧烟　塵　姜　穆著
⑩⑨河　宴　鍾怡雯著
⑪⓪滬上春秋　章念馳著
⑪①愛廬談心事　黃永武著
⑪②吹不散的人影　高大鵬著
⑪③草鞋權貴　嚴歌苓著
⑪④是我們改變了世界　張　放著
⑪⑤夢裡有隻小小船　夏小舟著
⑪⑥狂歡與破碎　林幸謙著
⑪⑦哲學思考漫步　劉述先著
⑪⑧說　涼　水　晶著
⑪⑨紅樓鐘聲　王熙元著
⑫⓪寒冬聽天方夜譚　保　真著
⑫①儒林新誌　周質平著
⑫②流水無歸程　白　樺著
⑫③偷窺天國　劉紹銘著
⑫④倒淌河　嚴歌苓著
⑫⑤尋覓畫家步履　陳其茂著
⑫⑥古典與現實之間　杜正勝著
⑫⑦釣魚臺畔過客　彭　歌著
⑫⑧古典到現代　張　健著
⑫⑨帶鞍的鹿　虹　影著
⑬⓪人文之旅　葉海煙著

(131) 生肖與童年　小　民著・喜　樂圖
(132) 京都一年　林文月著
(133) 山水與古典　林文月著
(134) 冬天黃昏的風笛　呂大明著
(135) 心靈的花朵　戚宜君著
(136) 親　戚　韓　秀著
(137) 清詞選講　葉嘉瑩著
(138) 迦陵談詞　葉嘉瑩著
(139) 神　樹　鄭　義著
(140) 琦君說童年　琦　君著
(141) 域外知音　張堂錡著
(142) 遠方的戰爭　鄭寶娟著
(143) 留著記憶・留著光　陳其茂著
(144) 滾滾遼河　紀　剛著
(145) 王禎和的小說世界　高全之著
(146) 永恆與現在　劉述先著
(147) 東方・西方　夏小舟著
(148) 嗚咽海　程明琤著
(149) 沙發椅的聯想　梅　新著
(150) 資訊爆炸的落塵　徐佳士著
(151) 沙漠裡的狼　白　樺著
(152) 風信子女郎　虹　影著
(153) 塵沙掠影　馬　遜著
(154) 飄泊的雲　莊　因著
(155) 和泉式部日記　林文月譯・圖
(156) 愛的美麗與哀愁　夏小舟著
(157) 黑　月　樊小玉著
(158) 流香溪　季　仲著
(159) 史記評賞　賴漢屏著
(160) 文學靈魂的閱讀　張堂錡著
(161) 抒情時代　鄭寶娟著
(162) 九十九朵曇花　何修仁著
(163) 說故事的人　彭　歌著
(164) 日本原形　齊　濤著
(165) 從張愛玲到林懷民　高全之著
(166) 莎士比亞識字不多?　陳冠學著
(167) 情思・情絲　龔　華著

⑯⑧說吧，房間　林　白著
⑯⑨自由鳥　鄭　義著
⑰⓪魚川讀詩　梅　新著
⑰①好詩共欣賞　葉嘉瑩著
⑰②永不磨滅的愛　楊秋生著
⑰③晴空星月　馬　遜著
⑰④風　景　韓　秀著
⑰⑤談歷史　話教學　張　元著
⑰⑥兩極紀實　位夢華著
⑰⑦遙遠的歌　夏小舟著
⑰⑧時間的通道　簡　宛著
⑰⑨燃燒的眼睛　簡　宛著
⑱⓪月兒彎彎照美洲　李靜平著
⑱①愛廬談諺詩　黃永武著
⑱②劉真傳　黃守誠著

⑱³ 天涯縱橫
位夢華 著

以兩極生態氣候的研究為基礎，作者建構了此書的論理與想像世界。內容從極地景致、開拓艱辛及天文物理觀念，引申至有關宇宙天人及環保的許多想法，包容科學與文學，兼具知性與感性。讓您在詼諧而深切的筆調中，激發對地球的關懷與熱愛。

⑱⁴ 新詩論
許世旭 著

中國詩歌，無論新舊，是一座甘泉，若不掬飲，口渴神焦，……。作者係韓國人士，長年沈浸在中國文學之中，對於在中國新詩的源起及兩岸新詩風格的異同，均有獨到而精闢的見解。是讀者拓寬視野，更深入了解中國新詩之發展所必備的好書。

⑱⁵ 天　譴
張　放 著

「一不埋怨天，二不埋怨地，只是咱家命不濟，生長在這亂世裡。」于祥生，一位山東流亡學生，民國三十八年隨政府搭乘濟和輪來到澎湖，卻萬萬沒料到會遭逢一場史無前例的政治騙局，他的人生、情愛就在這時代悲劇與宿命的安排下，無奈地上演。

⑱⁶ 綠野仙蹤與中國
賴建誠 著

一本融和理性與感性的著作，以經濟分析的專業素養，將關懷的筆觸，延著供需曲線帶進閱讀的天空。那一篇篇翔實的數據，是驗證生活的另一種形式；那一篇篇雋詠的小品，則是理性思維的靠墊。不管你來自士農工商，本書都能提供一場知性洗禮。

⑱標題飆題

馬西屏　著

一個出色的報紙標題不僅要精簡準確地傳達新聞訊息，更要能表現文字的優美和趣味，這可是一門藝術。近年來報紙解禁，各種充滿巧思創意的標題紛紛跳上版面，等著要攫取你的注意。小心！一場報刊標題的革命正在編輯枱上悄悄進行……

⑱詩與情

黃永武　著

詩以情為主，作者長期浸淫於古典情詩，擷採珠玉，編綴出男女的愛情、家人的親情、入世的世情與出世的忘情種種世態人情。文中所引，首首如新摘茶筍，簇新可喜，且解說精要，切緊詩旨，能帶給您全新的視野與怡然的感受。

⑱鹿　夢

康正果　著

從大陸西安到新大陸東岸的小鎮，不同的國度有著不同的風土民情，但在作者細膩的心思與敏銳的觀察力之下，它們之間起了微妙的關聯。長期旅居海外的作者，將他生活中的點點滴滴，轉化成一篇篇清雅的散文精品，將讓您領會閱讀的雋永與甘美。

⑲蝴蝶涅槃

海男　著

「一個生活在舊時代的女人，她生活在男人之中不如說是生活在戰爭之中，她生活在戰爭之中不如說是生活在蝴蝶之中。一個生活在蝴蝶之中的穿中國旗袍的女人，其靈魂終究會像蝴蝶一樣四處飛翔。」而她的歸宿，竟在何方？

⑲① 半洋隨筆

林培瑞　著

本書是林培瑞教授一篇篇關於他對中國的研究、感想、社論、訪問等合集。作者熱愛中國文化，對當代中國的社會、政治、文學、藝術等無不關心；綠眼黃髮，是位十足的「洋人」，但他對中國的關懷，無不流露在字裡行間，值得我們細細品味與深思。

⑲② 沈從文的文學世界

王繼志
陳　龍　著

沈從文，一個身處於三〇年代的作家，如何在這動盪的中國社會環境中，發揮自己創作及人格上的獨特性，以享有「中國的大仲馬」的美譽呢？作者由政治學、社會學、美學等多種不同角度切入，帶領我們逐步探索沈從文謎一般的文學世界。

⑲③ 送一朵花給您

簡　宛　著

本書作者自離臺赴美留學後，便長期旅居美國，迄今已逾二十年。書中有著許多海外生活的點滴，又有往來中國大陸、美國、臺灣所觀察到的各種社會現狀，有針砭亦有從關懷出發的諄諄叮嚀，使得全書層次豐富，文趣盎然。

⑲④ 波西米亞樓

嚴歌苓　著

作者為生於上海、旅居海外的優秀作家。本書除蒐羅其在美生活點滴、寫作歷程及心得，更有對書作、電影之所感所懷。洗鍊的文筆、豐華的文采，加之發自心靈深處的感動，這一篇篇雋永、情摯的佳作，縮短了作者與讀者間的距離。

⑮195 化妝時代

陳家橋 著

陳，在一次陌生人闖入的情形下，成為一個殺人的疑犯，他必須找尋凶手，找尋這個和他打扮一樣的陌生人；就在他從化妝師那尋找線索時，他落入一個如真似幻的情境，在無法自拔時，他被指為瘋子，被控謀殺，他要如何去面對這一切的問題……。

⑯196 寶島曼波

李靜平 著

年少時天真得令自己淪為笑柄的悲慘遭遇，事過境遷後往往反為記憶中開心的片段。本書中收錄著作者兒時的種種突發奇想，那屬於孩提時代的天真、忘我，有的令人噴飯，有些令人莞爾。在兒時距我們越來越遠的當兒，本書絕對讓你返老還童。

⑰197 只要我和你

夏小舟 著

本書作者早年負笈日本，而後旅居美國。儘管足跡從保守的東方跨入開放的西方，但作者對兩性情感世界的關注卻不曾稍減。書中所收一篇篇帶著遺憾的真實故事，不甚完美的結局，恰能提供你我一個正視情感與人性的機會。

⑱198 銀色的玻璃人

海男 著

「林玉媚走進了花園深處，她想看看吹奏薩克斯風的這個人是誰？……」是什麼樣一段不為人知的記憶，輕輕撩撥這即將邁入三十的女醫生心絃？循著四月天的癌症病房，她慢慢鋪陳出一段段似有若無的感情軌跡，讓心隨著它一同飛翔。

⑲小歷史——歷史的邊陲

林富士 著

想窺視求符籙、作法事、占夢等流傳已久的巫覡傳統嗎？想了解中元普渡傳統祭典的現代性格嗎？屎尿、頭髮與人肉又有哪些有趣的象徵意義呢？處於多元化的社會，這些「邊緣」文化所表現出民眾對鬼神及自然界不可知力量的敬畏，值得您深入探討。

國家圖書館出版品預行編目資料

寶島曼波／李靜平著.--初版.--臺北
市：三民，民88
面； 公分.--(三民叢刊；196)
ISBN 957-14-2971-6（平裝）

865 88002336

網際網路位址 http://www.sanmin.com.tw

著作人 李靜平
發行人 劉振强
著作財產權人 三民書局股份有限公司
臺北市復興北路三八六號
發行所 三民書局股份有限公司
地 址／臺北市復興北路三八六號
電 話／二五〇〇六六〇〇
郵 撥／〇〇〇九九九八——五號
印刷所 三民書局股份有限公司
門市部 復北店／臺北市復興北路三八六號
重南店／臺北市重慶南路一段六十一號
初 版 中華民國八十八年六月
編 號 S 85486
基本定價 叁元陸角
行政院新聞局登記證局版臺業字第〇二〇〇號

ISBN 957-14-2971-6（平裝）